UN FANTÔME AU GRENIER!

SUZAN̶ ̶R̶E̶I̶D

Illustrations de
SUSAN GARDOS

Traduction de
FRANÇOIS RENAUD

Les éditions Scholastic

Données de catalogage avant publication (Canada)

Reid, Suzan, 1963-
  [A ghost in the attic. Français]
  Un fantôme au grenier!

(Étoile filante)
Traduction de: A ghost in the attic.
ISBN 0-590-13868-0

I. Renaud, François. II. Titre. III. Titre: A ghost in the attic. Français
IV. Collection.

PS8585.E607G4614 1998   jC813'.54   C98-931273-9
PZ23.R44Fa 1998

6 5 4 3 2 1   Imprimé au Canada   8 9/9 0 1 2/0

Table des matières

Je dédie ce livre à mes sœurs Karen (merci pour tes éclats de rire et ta compréhension), Cindy (merci pour tes coups de téléphone quand j'en avais le plus besoin) et Tracy (merci de m'avoir rappelé comme j'étais enfant), de même qu'à mon mari, Dan (merci de m'avoir cédé, de temps à autre, l'ordinateur afin que je puisse écrire ce livre).

Chapitre 1

Un visage à la fenêtre

— Viens, Mateo, dépêche-toi! ordonne Évelyne, en montant les marches de l'école en courant.

— Tu es complètement folle! soupire Mateo, en s'arrêtant net au pied des marches.

— Mateo, je suis sûre de ce que j'ai vu! proteste Évelyne, en ouvrant la porte de l'entrée principale. Allons tirer ça au clair!

— Un fantôme? Tu veux me faire croire que

tu as vu un fantôme à la fenêtre du grenier de l'école? dit Mateo, en hochant la tête et en s'asseyant au pied de l'escalier.

— Je l'ai vu, je te jure! proteste Évelyne, en lâchant la porte pour venir s'asseoir à côté de Mateo. Je l'ai vu de mes propres yeux!

— Et ça ressemblait à quoi? demande Mateo, en roulant de grands yeux.

— Est-ce que je sais, moi, à quoi ça ressemblait... Ça ressemblait... Ça ressemblait à un visage à la fenêtre. Ensuite, ça a disparu.

— Et alors? Il y avait simplement quelqu'un au grenier qui regardait par la fenêtre! Pourquoi faudrait-il que ce soit un fantôme? réplique Mateo, en levant les yeux vers sa meilleure amie. Ton imagination fait du zèle, Évelyne. Tu sais, ma mère a l'habitude de dire...

— Oui, je sais, je sais, tranche Évelyne.

Évelyne et Mateo sont amis depuis qu'ils sont bébés.

— Ma mère te connaît depuis toujours. Elle te connaît comme si elle t'avait tricotée.

— Mateo, ce n'était pas un visage ordinaire, insiste Évelyne, en levant les yeux vers la fenêtre. C'était autre chose. Il y a peut-être quelqu'un emprisonné là-haut.

— Si quelqu'un était prisonnier là-haut, tu ne crois pas qu'il aurait frappé à la fenêtre? réplique Mateo, en se baissant pour renouer ses lacets.

— Je n'en sais rien. Je suppose que oui.

— Penses-y, Évelyne, dit Mateo. Si tu étais un fantôme, est-ce que tu viendrais t'enfermer dans ce grenier? Il y a des châteaux, de vieilles maisons bizarres, il y a des dizaines d'endroits beaucoup plus intéressants à hanter que notre école.

— Mais qu'est-ce que je suis en train de dire là? réagit-il, en secouant la tête. Il n'y a pas de fantôme!

— Mais tu ne l'as même pas vu! réplique Évelyne, exaspérée. Je te parie qu'il y a un secret quelconque là-haut!

— Allez, Évelyne, dit Mateo, en soupirant. Rappelle-toi. Pas plus tard que la semaine dernière, tu prétendais que c'était au sous-sol qu'il y avait un complot, et tu croyais que tout le monde était un extraterrestre.

Évelyne se mord la lèvre, consciente que son imagination les avait, cette fois-là, entraînés un peu trop loin.

— Pas tout le monde, réplique Évelyne, en se défendant. Et cette fois-ci, Mateo, c'est différent!

— Mais tu dis toujours ça! s'exclame Mateo, en se tenant la tête à deux mains.

— Viens, ordonne Évelyne, en attrapant Mateo par le bras.

Elle l'entraîne le long de l'allée et le ramène à l'endroit précis où, quelques minutes plus tôt, elle a aperçu la mystérieuse figure à la fenêtre.

— Attendons, dit-elle, en s'asseyant sur la pelouse. Il va peut-être revenir. Je veux être prête, ajoute-t-elle en sortant ses lunettes et en les mettant.

— Je crois que nous devrions plutôt nous préoccuper d'arriver en classe à temps, dit

Mateo, en s'asseyant à son tour. La première cloche a déjà sonné.

— Juste une minute, pas plus, plaide Évelyne, en fixant la fenêtre du grenier.

— Tu te rappelles que nous avons promis à madame Lacasse d'améliorer notre conduite? demande Mateo. Je ne tiens pas à me faire coller une nouvelle retenue.

Pendant que Mateo se remémore leur visite au bureau du directeur et les mauvais souvenirs de la dernière semaine, Évelyne continue de regarder fixement la fenêtre vide du grenier.

— Désolée, Mateo, dit-elle, en se relevant au bout d'un moment. Finalement, ta mère a peut-être raison, convient-elle, en essuyant son jean. Je suppose que c'était encore mon imagination.

— Tu devrais peut-être faire vérifier tes lunettes, dit Mateo, à la blague.

— Très drôle, réplique Évelyne.

— Alors, plus de fantôme? demande Mateo.

— Plus de fantôme, admet Évelyne, en jetant

un dernier coup d'œil vers la fenêtre. Mateo!!! hurle-t-elle, en lui donnant un coup de coude.

— Quoi?

— Regarde... crie-t-elle, en pointant vers la fenêtre.

— Évelyne, cesse de crier à tue-tête! soupire Mateo, en levant les yeux.

À la fenêtre du grenier, un étrange visage est mystérieusement apparu. Pendant un bref moment, il observe fixement Évelyne et Mateo avant de disparaître subitement.

— Tu vois! s'exclame Évelyne, fébrile, en reculant d'un pas. Tu vois! Je t'avais bien dit qu'il y avait quelque chose de bizarre là-haut!

En silence, le regard de Mateo passe de la fenêtre à Évelyne, puis de nouveau à la fenêtre.

— Je le regretterai probablement pour le reste de mes jours, dit-il, mais je crois que tu as peut-être raison. Moi aussi, j'ai vu quelque chose.

— Nous devons absolument monter là-haut! s'exclame Évelyne, tout excitée.

Sans un mot, Mateo acquiesce, en hochant lentement la tête.

Chapitre 2

Dans la salle des profs

Évelyne et Mateo entrent en trombe dans l'école et arrivent à se faufiler au-delà des bureaux du secrétariat.

— Dépêche-toi, dit Évelyne. Montons jeter un coup d'œil avant de rentrer en classe.

— Évelyne, nous n'avons pas le temps! Attends, mon lacet s'est encore défait! gémit Mateo, en s'agenouillant pour le rattacher.

Sortant vivement de la salle de repos des professeurs, madame Lacasse butte sur Mateo et manque de s'étaler de tout son long. La tasse qu'elle tient à la main vacille et un geyser de café éclabousse le plancher.

— Mateo Dias! soupire madame Lacasse, en baissant les yeux vers Mateo.

— Bonjour, madame Lacasse, répond faiblement Mateo, en osant risquer un sourire.

Madame Lacasse jette un coup d'œil dans le corridor où Évelyne attend, appuyée contre le mur.

— Vous allez tous deux dans la mauvaise direction ce matin, constate madame Lacasse. Mateo, tu veux bien aller dans notre salle de repos et chercher des serviettes de papier pour nettoyer ce gâchis?

— Bonjour madame Lacasse, dit Évelyne, en revenant lentement sur ses pas.

— Bonjour mademoiselle DeGrosbois. Alors, je peux savoir où vous alliez comme ça?

Sur ces entrefaites, Mateo sort de la salle des professeurs avec un rouleau de papier absorbant.

— Nous cherchions quelque chose, répond Évelyne, en détachant vivement quelques feuilles de papier absorbant.

— Je vous prie de bien vouloir me nettoyer tout ça en vitesse, dit madame Lacasse, en ramassant ses feuilles. Moi, je dois me rendre en classe.

— Pas de problème, madame Lacasse, répond Évelyne, en se baissant pour essuyer le plancher. Au contraire, c'est un plaisir.

— Et vous me faites ça rapidement? insiste madame Lacasse.

— À vitesse grand V, répond Mateo.

— Donc, à plus tard, dit madame Lacasse, en ramassant sa tasse à moitié vide.

Elle fait quelques pas dans le corridor, puis s'arrête et revient sur ses pas.

— Nous nous sommes bien compris? Je vous retrouve en classe dans quelques minutes?

Évelyne et Mateo relèvent la tête.

— Oui, madame. Vous pouvez compter sur nous.

— Très bien, dit madame Lacasse, en repartant. À plus tard, donc.

— J'ai l'impression qu'elle ne nous fait pas

confiance, murmure Évelyne, en finissant de nettoyer le plancher.

— Tu ne crois pas qu'elle a un peu raison? réplique Mateo.

— Qu'est-ce que tu veux dire?

— Eh bien, je crois qu'elle nous trouve un peu étranges. Rappelle-toi que nous l'avons soupçonnée d'être une extraterrestre et que nous nous sommes comportés d'une drôle de manière en classe l'autre jour.

— Je crois encore qu'elle pourrait très bien être une extraterrestre, réplique Évelyne, en ricanant.

Mateo fronce les sourcils, l'œil inquiet.

— Mateo! C'est une blague, dit Évelyne, amusée.

Évelyne retient Mateo par le bras au moment où il se lève.

— Tu crois que le grenier est fermé à clé? demande-t-elle.

— Je n'en sais rien, dit Mateo, en haussant les épaules. Je ne suis jamais monté là-haut.

— Je te parie que c'est verrouillé, dit

Évelyne, mais je te parie également que madame Lacasse a la clé.

— Et pourquoi madame Lacasse aurait-elle une clé? réplique Mateo, en entrant dans la salle des professeurs.

— Parce que les professeurs ont des clés pour tout, répond Évelyne. Vite! Monte là-haut et va voir si la porte est verrouillée. Pendant ce temps, moi, je me charge de mettre ceci à la poubelle, ordonne Évelyne, en prenant le tas de papier humide des mains de Mateo.

— D'accord, soupire Mateo, en sortant discrètement de la salle.

Évelyne dépose les serviettes de papier dans la poubelle et jette un coup d'œil circulaire dans le local. Sur un des murs, une rangée de photographies attire son attention. Elle s'approche et se met à défiler devant les photos en examinant attentivement chacune d'elles.

— C'est verrouillé! gémit Mateo, en entrant précipitamment dans le local, à bout de souffle.

— C'est bien ce que je croyais. Dis donc, Mateo, regarde un peu ça.

Mateo s'approche des photos et reconnaît un visage.

— C'est monsieur Godbout!

— Je crois que ce sont les portraits de tous les directeurs de l'école, dit Évelyne, en traversant la pièce tout en rajustant ses lunettes sur son nez.

— Regarde un peu celle-ci, s'exclame Mateo. Tu as vu sa coiffure!

— Je crois qu'on appelle ça une ruche, dit Évelyne, en ricanant.

— On peut dire que ça porte bien son nom! Et celle-ci, donc! Regarde-moi ces lunettes! Tu en as de la chance de ne pas porter des lunettes comme ça!

— Drôle d'allure, en effet.

— Celui-ci doit être le tout premier directeur, dit Mateo, en arrivant devant le plus grand portrait du groupe. Jean-Pierre Stanislas, dit-il, en lisant l'inscription 1914-1937.

Évelyne s'approche d'abord de Mateo pour lire par-dessus son épaule, puis recule subitement, surprise.

— Mais... Ce visage! dit Évelyne, en ravalant sa salive.

— Qu'est-ce qui t'arrive? demande Mateo, en se retournant vers Évelyne.

— C'est le visage que j'ai aperçu dans la fenêtre du grenier..., dit Évelyne, en écarquillant les yeux.

Mateo se tourne tout doucement afin d'examiner de nouveau la photographie. Pendant ce temps, le regard de Jean-Pierre Stanislas reste fixé sur Évelyne et Mateo.

— J'ai peine à croire ce que je vais dire... Mais tu as peut-être raison, chuchote Mateo.

— Alors, cow-boys, toujours pas en classe? dit monsieur Godbout, en entrant dans le local. Et puis-je savoir ce que nous faisons ici?

— Oh! Bonjour monsieur Godbout! répond vivement Mateo. Nous venons tout juste de nettoyer un gâchis sur le plancher du corridor.

— Madame Lacasse a trébuché sur Mateo et elle a renversé son café, explique Évelyne. Elle nous a demandé de nettoyer le plancher.

— Hu-huum, fait monsieur Godbout, en

prenant un carton de jus d'orange dans le réfrigérateur. Et nous en profitons pour jeter un coup d'œil sur les photos des directeurs de l'école Stanislas, c'est ça? Belle brochette de shérifs, non? Par contre, pas terrible, ma photo. J'aurais mieux fait de mettre mon autre cravate, commente-t-il, en s'approchant du cadre. Dieu, que la poussière s'accumule rapidement! ajoute-t-il, en passant le bout de son doigt sur la vitre.

— Qui est ce type? demande Évelyne, en pointant la photo de Jean-Pierre Stanislas.

Monsieur Godbout prend un verre dans l'armoire et se sert un jus d'orange avant de s'approcher de la photo.

— Voyons voir... C'est Jean-Pierre Stanislas, le premier directeur de l'école. C'est en son honneur que l'école et la rue portent le nom de Stanislas.

— Et comment était-il? demande Évelyne.

— Comment il était? Eh bien... je ne l'ai pas connu, bien sûr, répond monsieur Godbout. Il a été directeur pendant un bon bout de temps.

Une vingtaine d'années au moins, si ce n'est plus. Complètement fou des dinosaures, paraîtrait-il.

— Fou? Qu'est-ce que vous voulez dire par là? demande Mateo, en s'asseyant à une table.

— Passionné serait plus exact, dit monsieur Godbout. Les murs de son bureau étaient tapissés de dessins de dinosaures. Il lisait tout ce qui se publiait sur le sujet. Il se tenait continuellement informé des fouilles des experts.

— Oh! dit Évelyne. C'est un passe-temps captivant.

— Je suppose, dit monsieur Godbout, en prenant une gorgée de jus d'orange et en la faisant tourner longtemps dans sa bouche avant de l'avaler.

— Et qu'est-ce qui lui est arrivé? demande Évelyne.

Monsieur Godbout prend une autre gorgée de jus d'orange et, encore une fois, la fait tourner longtemps dans sa bouche avant de l'avaler.

— Un drôle de truc, finit-il par répondre.

— Un drôle de truc? enchaîne Évelyne, en roulant de grands yeux. Vous voulez dire drôle-rigolo ou drôle-bizarre?

— Il n'est jamais revenu, dit monsieur Godbout.

À ces mots, Évelyne se retourne et regarde Mateo d'un drôle d'air.

— Oh non, marmonne-t-il.

— Que voulez-vous dire par «Il n'est jamais revenu»? demande Évelyne à monsieur Godbout.

Monsieur Godbout prend une autre gorgée de son jus d'orange et Évelyne le regarde patiemment la savourer longuement avant de se décider à l'avaler.

— On raconte que, lors de la dernière journée d'école, il était ici, en train de rassembler ses affaires...

— Dans le grenier? l'interrompt Évelyne, en anticipant sur l'histoire.

— Oui... Heu... Enfin, je suppose qu'il aurait très bien pu être là-haut, oui. Mais je n'en suis pas sûr, désolé. On raconte que ce jour-là, Jean-Pierre Stanislas a beaucoup parlé d'un truc nommé Rock Springs. De toute manière, après ce jour, personne n'a plus jamais revu monsieur Stanislas.

— Rock Springs? reprend Mateo. Qu'est-ce que c'est que ça?

— Aucune idée, répond monsieur Godbout, en secouant la tête. Je me souviens d'avoir déjà lu quelque chose à ce sujet, mais il y a longtemps. Depuis, j'ai complètement oublié de quoi il s'agit. Jean-Pierre Stanislas était peut-être... comment dire... un peu zinzin? ajoute-t-il, en se touchant le front. Être directeur d'école aussi longtemps, ça peut certainement vous déranger son homme!

— Évelyne DeGrosbois et Mateo Dias sont priés de se rendre en classe immédiatement! annonce la belle voix claire de madame Carnet dans le haut-parleur.

— La secrétaire nous appelle! dit Mateo.

— Sacrebleu! s'exclame monsieur Godbout. Parle parle, jase jase, et pendant ce temps je vous retiens. Madame Lacasse doit se demander où vous êtes, continue-t-il, en sortant un grand trousseau de clés de sa poche. Je dois aller ouvrir la remise pour monsieur Légaré, il a encore perdu ses clés. Allez, au trot, cow-boys! conclut-il.

— Si seulement nous pouvions mettre la main sur les clés de monsieur Légaré, dit Évelyne.

— Le prof de septième? Et comment pourrions-nous trouver ses clés? demande Mateo.

— Je n'en sais rien, mais il y a toujours quelqu'un qui retrouve ses clés quelque part. Il a l'habitude de les déposer n'importe où et de les oublier. Rappelle-toi, le mois passé, c'est moi qui les ai retrouvées à la bibliothèque.

— Oui, je me souviens. Et si nous pouvions les retrouver encore, nous pourrions ouvrir la porte du grenier, c'est ça?

— Exact. Et ça nous permettrait de savoir ce qui se passe là-haut. Nous pourrions percer le mystère et savoir pourquoi Jean-Pierre

Stanislas a disparu.

— S'il y a un mystère, précise Mateo.

— Cela devient captivant! dit Évelyne, en ouvrant la porte de la classe.

Madame Lacasse cesse sa lecture du *Monde secret de Sophie* et regarde longuement Évelyne et Mateo, en fronçant les sourcils.

— Désolée du retard, dit Évelyne, en se glissant à sa place.

— Hum, umm, fait madame Lacasse.

— Elle ne nous laissera sortir de la classe sous aucun prétexte, chuchote Mateo à l'attention d'Évelyne, tout en sortant son livre de son pupitre.

— Je te demande pardon, Mateo, je t'ai mal entendu, dit madame Lacasse. Tu voulais nous dire quelque chose?

— Non, madame, répond Mateo, en se tournant vers son professeur.

— Dans ce cas, tu n'auras pas d'objection à ce que j'interrompe ta conversation avec Évelyne? J'aimerais que nous reprenions notre lecture, dit madame Lacasse, en se levant. En fait...

— Oh non! marmonne Évelyne, en voyant madame Lacasse jeter un coup d'œil circulaire sur la classe.

— Voyons voir... poursuit madame Lacasse. Évelyne, j'aimerais que tu changes de place avec Marie-France.

— Je le savais, grogne Évelyne, en se levant.

Mateo agrippe le pupitre d'Évelyne par un bout et l'aide à le déplacer deux rangées plus loin. Pendant ce temps, le pupitre de Marie-France vient se glisser à l'ancienne place d'Évelyne.

Vous pourrez garder vos conversations pour les périodes de lunch, ajoute madame Lacasse, en ouvrant son livre.

Quelques minutes plus tard, tandis que Mateo s'affaire à répondre aux questions du chapitre 5, une boulette de papier atterrit sur son livre. Il jette un coup d'œil en direction d'Évelyne qui lui fait signe de déplier et de lire son message.

— Cela doit être très important, dit madame Lacasse, en s'approchant, la main tendue, tout en regardant tour à tour Évelyne et Mateo.

Le cœur serré, Évelyne regarde Mateo remettre, l'air piteux, la boulette de papier dans la main de madame Lacasse.

— Nous nous reverrons au déjeuner, annonce-t-elle, en glissant le bout de papier dans sa poche.

— Au déjeuner? demande Évelyne.

— Oui, au déjeuner, répond madame Lacasse, en retournant vers l'avant de la classe. Nous allons avoir le plaisir de casser la croûte ensemble et nous en profiterons pour régler nos problèmes.

— Casser la

croûte ensemble? répète Évelyne, sur un ton horrifié.

— Ça pose un problème? demande madame Lacasse, en tapant sur son bureau avec le bout de son crayon.

— Non, madame Lacasse. Aucun problème, dit Évelyne, en jetant un coup d'œil vers Mateo. C'est simplement que, jusqu'ici, je n'ai jamais eu l'occasion de manger avec un professeur.

— Eh bien, dites-vous que ce sera une expérience de plus à votre crédit, réplique madame Lacasse, déclenchant des ricanements dans la classe. Maintenant, reprenons le travail, ordonne-t-elle. Serrez vos livres de lecture, nous allons nous mettre aux mathématiques. Marie-France, peux-tu distribuer les rapporteurs d'angles?

Pendant que Marie-France circule dans les rangées pour distribuer le matériel, Évelyne pousse un long soupir.

— Ce que je donnerais pour que la période du déjeuner n'arrive jamais, marmonne-t-elle.

Chapitre 3

Casse-croûte en tête-à-tête

Au son de la cloche, tous les élèves rangent leurs livres, prennent leurs lunchs dans leurs sacs à dos et quittent la classe. Sauf Évelyne et Mateo, qui, eux, restent assis à leurs pupitres.

— Vous pouvez vous lever et aller chercher vos lunchs, dit madame Lacasse, en sortant le sien de son porte-documents.

— Je suis abonnée au programme de repas chauds, dit Évelyne, je dois aller chercher mon plateau à la cafétéria.

— Très bien. Je vais aller le chercher moi-même, dit madame Lacasse, en fronçant les sourcils. Vous deux, ne bougez pas d'ici, ordonne-t-elle, en quittant la classe.

Sitôt madame Lacasse sortie, Évelyne traverse la classe et vient s'installer au pupitre de Marie-France.

— Qu'y avait-il d'écrit sur ton bout de papier? demande Mateo.

— Ça disait : essayons de nous échanger des messages sans nous faire prendre.

— Eh bien, on peut dire que ça commence mal, soupire Mateo.

— De toute manière, j'ai passé la matinée à réfléchir à cette affaire de grenier, dit Évelyne.

— Je m'en doutais, réplique Mateo. Et alors?

— Eh bien, je n'y comprends rien. Définitivement, il y avait quelque chose ou quelqu'un à cette fenêtre. Et ce quelque chose ou ce quelqu'un ressemblait drôlement à Jean-Pierre Stanislas.

— Je sais que nous avons vu quelque chose, admet Mateo, en hochant la tête. Mais, franchement, comment veux-tu que ce soit monsieur Stanislas?

— Bien sûr que ce n'est pas monsieur Stanislas! réplique Évelyne. Ça doit être son fantôme. Ne me dis pas que tu ignores pourquoi les fantômes hantent les vieilles maisons et les endroits bizarres?

— Eh bien non, je n'en sais rien, dit Mateo, en haussant les épaules.

Là-dessus, Évelyne attrape Mateo par les coudes et le regarde droit dans les yeux.

— C'est parce qu'ils ont... commence-t-elle, en jetant prudemment un regard circulaire dans la classe, c'est parce qu'ils ont des affaires à terminer! complète-t-elle, en chuchotant.

— Ils ont quoi?!? réplique Mateo.

— Des affaires à terminer! répète Évelyne. Je l'ai vu l'autre jour à l'émission *Les coulisses du mystère*. On y parlait de ce fantôme qui hantait une maison, en marmonnant les noms d'anciens joueurs de hockey. Un jour, les occupants de la maison ont découvert, cachée entre deux épaisseurs de linoléum, une vieille carte de hockey. Le lendemain, la carte avait disparu et le fantôme n'est jamais revenu, complète Évelyne, le souffle court. C'était vraiment hallucinant!

— Je vois, dit Mateo, en hochant lentement la tête. Alors, tu crois qu'un fantôme hante le grenier de l'école et que ce fantôme est celui de Jean-Pierre Stanislas, disparu mystérieusement. Tu te dis également que tu dois découvrir pourquoi il est revenu hanter l'école, afin de régler son problème et lui permettre de retourner là où vont tous les fantômes heureux?

— En gros, c'est ça, répond Évelyne, sans sourciller.

— Tu te rends compte à quel point cette histoire est ridicule? reprend Mateo.

— Nous y voilà! annonce madame Lacasse, en revenant avec le plateau d'Évelyne dans les mains.

Elle commence par déposer le plateau sur le pupitre qu'occupe Évelyne, puis se rend à son bureau récupérer son sac à lunch et, finalement, attrape une chaise et vient s'installer au pupitre voisin de ceux d'Évelyne et Mateo.

— Et maintenant, si nous discutions des motifs de ce déjeuner en tête-à-tête, annonce-t-elle, en sortant un sandwich de son sac à lunch.

— Oh! Mais on dirait bien que c'est un sandwich au thon! s'exclame Évelyne. C'est excellent, le thon. Justement, l'autre jour je disais à ma mère qu'on ne mangeait jamais trop de thon.

— Évelyne... dit madame Lacasse.

— En fait, continue Évelyne, je crois que je pourrais manger du thon tous les jours. Et vous, madame Lacasse, pourriez-vous manger du thon tous les jours?

— Évelyne... dit de nouveau madame Lacasse.

— En fait, poursuit Évelyne, je parie que je pourrais même manger du thon au petit déjeuner. Et vous, madame Lacasse, avez-vous déjà mangé du thon au petit déjeuner? insistet-elle, en jacassant comme une mitraillette.

— Évelyne! lance madame Lacasse, agacée. N'essaie pas de changer de sujet. Nous ne sommes pas ici pour discuter des mérites du thon, mais plutôt pour discuter de votre conduite et, en particulier, de cette boulette de papier. Au fait, tandis que j'y pense, j'aurai également besoin que vous m'expliquiez les motifs de votre retard de ce matin. Comment se fait-il que vous ayez mis tant de temps à essuyer quelques gouttes de café sur le plancher? Mais commençons par le commencement, ajoute-t-elle, en sortant la boulette de papier de sa poche pour la déposer, bien en vue, sur le pupitre de Mateo. Alors, Évelyne, qu'as-tu à dire à ce sujet? conclut l'institutrice, en mordant à belles dents dans son sandwich.

Évelyne souffle sur sa soupe et Mateo fouille en silence dans son sac à lunch.

Après un petit moment, madame Lacasse avale sa bouchée, pousse un soupir, puis pose son regard sur Mateo.

— Et toi, Mateo, tu as peut-être quelque chose à dire?

— Eh bien... commence Mateo, en ouvrant son gobelet de pudding au chocolat.

— Oh, là là! s'exclame madame Lacasse, en l'interrompant. Il ne faut pas commencer par ton dessert. Où est ton sandwich?

Mateo se remet à farfouiller dans son sac et en sort son sandwich.

— Eh bien, reprend-il, nous nous sommes passés cette note et je sais que ce n'est pas bien et nous ne le ferons plus jamais, c'est promis.

— Je vois, dit madame Lacasse. Évelyne! Cesse de sucer ta soupe comme ça! C'est dégoûtant!

— Désolée, dit-elle, en relevant les yeux et en acquiesçant de la tête. Je suis également désolée pour la note. Ça ne se reproduira plus.

— Et pourquoi êtes-vous revenus si tard ce matin? continue madame Lacasse. Mateo! Tu mets des miettes partout sur ta chemise!

— Nous avons discuté avec monsieur Godbout, répond Mateo, tout en époussetant les miettes du revers des doigts. Nous avons regardé les photos des directeurs accrochées dans la salle de repos et nous n'avons pas vu le temps passer. Désolé pour le retard.

— Les photographies des directeurs? En effet, il y a là quelques histoires intéressantes, dit madame Lacasse, en se tamponnant les lèvres avec son mouchoir.

— Monsieur Godbout nous a raconté l'histoire de monsieur Stanislas, précise Évelyne. Il nous a dit comment il avait disparu.

— Oui, oui. Quelle histoire captivante, en effet! On raconte qu'il a tout simplement décidé de...

Se rendant compte qu'Évelyne et Mateo se penchent vers elle, madame Lacasse s'interrompt brusquement en secouant la tête.

— Nous ne sommes pas ici pour parler de monsieur Stanislas, reprend-elle, mais plutôt pour faire en sorte que votre conduite s'améliore. Et je ne veux plus vous voir arriver en retard en classe et je ne veux plus voir d'échange de notes volantes non plus. C'est clair? dit l'institutrice, en regardant les deux étudiants dans les yeux. Ces derniers temps, vous avez eu une conduite passablement dissipée, et je tiens à voir une amélioration, sinon vous en subirez les conséquences. Est-ce que je me fais bien comprendre? demande madame Lacasse, les yeux rivés sur ses deux élèves.

Piteusement, Évelyne et Mateo acquiescent en hochant la tête.

— Eh bien voilà! conclut madame Lacasse, en repliant son sac à lunch. Terminez votre repas, ensuite vous pourrez aller prendre l'air dehors. Je vais ramener le plateau dans la cafétéria.

— Merci, madame Lacasse, dit Évelyne.

Aussitôt que madame Lacasse est partie, Évelyne met sa pomme dans la poche et Mateo replie son sac à lunch et se lève.

— À un moment donné, j'ai cru qu'elle allait nous raconter quelque chose à propos de Jean-Pierre Stanislas, dit-il.

— Moi aussi! enchaîne Évelyne. Elle sait quelque chose à propos de sa disparition, c'est évident.

Au moment de sortir de la classe, Évelyne s'arrête brusquement.

— Il ne nous reste que quatre jours pour trouver des indices et tirer cette histoire au clair. Après, ce sont les vacances de Pâques!

— Allez, Mateo... dit Évelyne, en le tirant par la manche de sa chemise. Allons voir si nous ne pourrions pas aller au grenier maintenant. Quelqu'un a peut-être oublié de verrouiller la porte!

Chapitre 4

La retenue

Évelyne et Mateo se précipitent dans l'escalier menant au grenier.

— Toujours verrouillée, constate Évelyne, en tournant la poignée de la porte.

— Eh bien, c'est ça qui est ça! Il ne nous reste plus qu'à essayer de trouver une clé, réagit Mateo, en s'apprêtant à redescendre l'escalier.

— Attends! s'écrie Évelyne, en le retenant par le bras. Il y a peut-être moyen d'ouvrir autrement.

— Autrement? demande Mateo. Et comment?

— Je n'en sais rien, répond Évelyne. Comme dans les films d'espionnage, peut-être. Tu sais, ils utilisent toutes sortes de trucs pour ouvrir les portes.

— Comme quoi?

— Je ne sais pas. Qu'est-ce que tu as dans tes poches?

Mateo se relève et plonge les mains dans ses poches.

— Tout ce que j'ai, c'est une tablette de gomme à mâcher.

— Vite! Donne-la moi, dit Évelyne, en l'attrapant et en essayant de la glisser dans le trou de la serrure.

— Hé! T'es en train d'écraser ma gomme!

— De toute manière, ça ne fonctionne pas, réplique Évelyne en lui rendant sa gomme.

— Ça, c'est le comble! dit Mateo, en regardant sa gomme tout écrabouillée.

— Tu n'aurais pas quelque chose d'autre? Une épingle à cheveux, par exemple? Ces trucs-là fonctionnent vraiment bien.

— Une épingle à cheveux?!? s'exclame Mateo, en écarquillant les yeux. Et pourquoi j'aurais une épingle à cheveux? Ce n'est pas exactement le genre de truc avec lequel je me coiffe, tu sais!

— Tu n'as rien d'autre? Vraiment rien d'autre? insiste Évelyne, en pianotant d'impatience sur la porte. Je l'ai! ajoute-t-elle, en enfonçant brusquement la main dans sa poche. Un trombone! Celui de mon rapport de lecture!

— Et ça va fonctionner?

— Ça se pourrait, répond Évelyne, en s'appliquant à redresser le trombone. Voyons voir, dit-elle, en s'agenouillant devant la porte pour crocheter la serrure.

— Tu y arrives?

— Pas encore.

— Allez, laisse-moi essayer, propose Mateo.

— À toi, dit Évelyne, en lui passant le trombone.

— Qu'est-ce qu'il faut faire? demande

Mateo, en regardant par le trou de la serrure. Simplement le tourner? dit-il, en enfonçant le trombone dans la serrure.

— C'est ça, jusqu'à ce que tu entendes un déclic, répond Évelyne, en s'assoyant à côté de lui. Essaie pendant un petit moment. Puis, tu me le rends et j'essaierai encore.

Tour à tour, Évelyne et Mateo s'attaquent à la serrure. Finalement, c'est le haut-parleur qui interrompt brusquement leur manège.

— Évelyne DeGrosbois et Mateo Dias sont priés de se rapporter immédiatement en classe annonce une voix.

— La pause du déjeuner est déjà terminée? demande Évelyne, en ravalant sa salive.

— Mais je n'ai jamais entendu sonner la cloche! Aïe, Aïe, Aïe! Je sens que là, nous allons avoir un gros problème! s'exclame Mateo, en tendant le trombone à Évelyne.

— Viens vite! Nous reprendrons ça une autre fois, dit-elle, en glissant le trombone dans sa poche.

En arrivant au pied de l'escalier, ils

aperçoivent madame Lacasse.

— Elle nous attend, dit Mateo.

— Et elle a l'air en colère, constate Évelyne.

— Une chose est sûre, c'est qu'elle ne sourit pas, ajoute Mateo.

— Encore en retard! lance madame Lacasse, en tapant du pied sur le plancher. Et juste après la discussion que nous venons d'avoir! Voulez-vous me dire ce que vous faisiez là-haut? Allez, avancez! ordonne-t-elle, en les précédant dans le corridor d'un pas vif.

— Nous sommes vraiment désolés, madame Lacasse, dit Évelyne, en remontant à sa hauteur pour s'expliquer. Nous étions tellement concentrés sur ce que nous faisions que nous avons complètement perdu la notion du temps et que...

— Peu importe, soupire madame Lacasse. Après les heures de classe, vous aurez tout le temps voulu pour vous expliquer. Bien sûr, nous allons devoir téléphoner à vos parents, ajoute-t-elle, en arrivant à la porte de la classe. Je vous avais prévenus que vous subiriez les conséquences de vos actes.

— Téléphoner à nos parents? dit Évelyne.

— Oui, à vos parents, répond madame Lacasse. Je me dois de faire quelque chose avant que la situation n'empire. Pour le moment, conclut-elle, en soupirant, essayons de passer au travers de notre après-midi. Après un après-midi qui semble durer une éternité, la cloche sonne enfin. Évelyne et Mateo restent assis à leurs places encore une fois.

— Maintenant, je vais téléphoner à vos parents, annonce madame Lacasse, en sortant de la classe. Je reviens tout de suite.

— Hooou-là-là, soupire Mateo. Ce n'est vraiment pas le genre de coup de fil pour faire rigoler ma mère!

— Ni la mienne, répond Évelyne. Mais nous venons peut-être de mettre le doigt sur quelque chose. Si nous parvenons à savoir ce qui est arrivé à monsieur Stanislas, les gens seront peut-être plus compréhensifs. On organisera peut-être un défilé en notre honneur et tout le monde rira du pétrin dans lequel nous nous sommes mis!

Mateo lance un regard inquisiteur vers Évelyne, puis se met à secouer la tête.

— Je ne crois vraiment pas que c'est ce qui va se produire. Un défilé en notre honneur! dit-il, en pouffant de rire. Tu imagines ça!

— Hé, c'est possible! persiste Évelyne. Tout est possible!

— Tiens, tiens... dit une voix, depuis la porte. Encore vous deux?

— Bonsoir, monsieur Lanteigne, répond timidement Évelyne, en relevant les yeux.

Une fois, elle l'avait pris pour un extraterrestre. Mateo et elle avaient même été jusqu'à le suivre durant tout un après-midi afin de savoir ce qu'il mijotait.

Après avoir vidé la poubelle de la classe dans un chariot, monsieur Lanteigne jette un coup d'œil en direction d'Évelyne et Mateo.

— Difficile d'éviter que ça vous retombe dessus, hein? murmure monsieur Lanteigne, en hochant la tête.

— Disons que ce n'est pas notre meilleure

journée, réplique Mateo, en haussant les épaules.

— C'est bien ce que j'avais cru comprendre, dit le concierge, en quittant la classe.

— Je l'imagine en meneur de claque, lors de notre défilé! s'esclaffe Mateo.

En imaginant la situation, Évelyne éclate de rire.

— Alors, on s'amuse bien en retenue? constate madame Lacasse, en revenant en classe. J'ai réussi à contacter vos parents, continue-t-elle, et je puis vous dire que des sanctions seront prises à la maison.

— Pas de télé, dit Mateo.

— Pas de téléphone, dit Évelyne.

— Sous aucun prétexte, confirme madame Lacasse. Mais pour le moment, nous allons nous occuper de votre emploi du temps. D'ici 15h30, vous allez faire du travail scolaire, ensuite, vous serez de corvée de poubelles jusqu'à 16h.

— Corvée de poubelles? marmonne Évelyne.

— Eh oui. Vous allez nettoyer la cour de récréation. Il y a toutes sortes de déchets qui s'y sont accumulés, et votre tâche sera de nettoyer tout ça. Monsieur Godbout se chargera lui-même de vous surveiller.

— Toute la cour de récréation! s'exclame Évelyne.

— Oui, toute la cour, confirme madame Lacasse, en fronçant les sourcils. En attendant, voici du travail pour vous, continue-t-elle, en leur tendant des papiers. Si vous avez besoin d'aide, je serai à mon bureau.

— Nous ne sommes pas sortis d'ici, chuchote Évelyne.

— Quelque chose ne va pas? demande madame Lacasse.

— Non, madame, répond Évelyne.

— Mademoiselle DeGrosbois, si j'ai bonne mémoire, il me semble que votre pupitre est là-bas, dit madame Lacasse, en pointant son crayon en direction de la nouvelle place d'Évelyne.

— Oh, pardon! dit Évelyne, en haussant les

épaules. Je dois être trop habituée à être ici, explique-t-elle, tout en quittant le pupitre de Marie-France pour s'installer à sa nouvelle place.

Derrière madame Lacasse, l'horloge égrène bruyamment les secondes et, à chaque deux ou trois minutes, Évelyne lève les yeux pour surveiller l'avance de l'aiguille.

— Très bien, dit finalement madame Lacasse, en déposant deux grands sacs de plastique sur les pupitres d'Évelyne et Mateo. L'heure est maintenant venue de vous transformer en éboueurs. Alors faites un bon travail et tâchez de revenir demain dans de meilleures dispositions, conclut-elle, tandis qu'Évelyne et Mateo ramassent leurs sacs.

— Nous allons essayer, dit Évelyne, après avoir jeté un coup d'œil du côté de Mateo.

— Vous allez essayer très fort, corrige madame Lacasse.

— Oui, madame, reprend Évelyne, en hochant la tête. Nous allons essayer très fort.

Chapitre 5

La clé

—**B**ienvenue, cow-boys! dit monsieur Godbout, en les accueillant à la porte de son bureau. Vous pourrez dire que vous m'avez fait piaffer d'impatience... Deux nouvelles recrues pour la corvée de poubelles! J'ai peine à croire que vous n'avez jamais fait ça avant aujourd'hui.

— Non, monsieur Godbout, dit Évelyne, en secouant la tête. Mais nous avons vu d'autres élèves le faire.

— Alors, vous me capturez tous les détritus sur la pelouse et autour de la clôture arrière, dit-il, tandis qu'Évelyne et Mateo hochent la tête. Allez, au trot, cow-boys! ordonne-t-il. Et bonne chasse!

— Et on commence où? demande Mateo.

— Par le terrain du devant, répond monsieur Godbout, en leur ouvrant la porte. Ensuite, l'arrière de l'école, complète-t-il, tandis que les deux amis descendent les marches.

— Débarrassons-nous de ça en vitesse, dit Évelyne. Ensuite, nous aurons peut-être le temps de jouer du trombone dans la serrure de la porte du grenier.

— Tu ne crois pas que nous avons vu assez d'action pour aujourd'hui? bougonne Mateo, en se dirigeant vers les balançoires.

— Je crois que nous avons tout ramassé, constate Évelyne, quelques minutes plus tard. Monsieur Godbout! Êtes-vous satisfait? demande Évelyne, en se tournant vers la porte d'entrée.

— Pas mal du tout, approuve monsieur Godbout, avec un signe de tête. Il y a une poubelle juste ici, ajoute-t-il, en pointant une énorme poubelle installée au pied de l'escalier.

Évelyne et Mateo acquiescent, en hochant la tête.

— Pouvons-nous aller patrouiller les collines derrière l'école, maintenant? demande Mateo.

— Patrouiller les collines? Oh oui! Eh bien, commencez et je vous rejoins tout de suite, dit monsieur Godbout, avant de rentrer dans l'école.

Évelyne et Mateo contournent le bâtiment et commencent à ramasser les détritus de la cour arrière. Quelques minutes plus tard, monsieur Godbout sort sur les marches, en agitant les bras.

— Évelyne! crie-t-il de loin. Ta mère vient de me téléphoner et elle aimerait te parler.

— J'arrive tout de suite! répond-elle, en laissant tomber son sac de plastique.

Elle jette un coup d'œil vers Mateo, occupé à nettoyer le coin le plus éloigné de la cour, puis se dirige vers l'entrée de l'école.

Tandis qu'elle remonte lentement le corridor vers le bureau du directeur, Évelyne entend de plus en plus clairement la conversation qui se déroule entre monsieur Godbout et sa mère.

— Tout à fait, madame DeGrosbois, je suis entièrement d'accord avec vous... dit-il, en faisant grimacer Évelyne. Je vois, je vois. Eh bien oui, il importe d'aller au fond des choses... Je vous remercie de votre appel, madame DeGrosbois... J'entends votre Évelyne qui arrive, je vous la passe tout de suite...

Quand Évelyne arrive sur le pas de la porte, monsieur Godbout se lève, lui tend l'appareil téléphonique et lui fait signe de s'asseoir à sa place. Évelyne prend l'appareil et s'installe dans le grand fauteuil de cuir du directeur.

— Bonjour, maman, dit-elle, tandis que monsieur Godbout sort du bureau, en refermant la porte derrière lui. Je sais... Je suis désolée... Ce n'est pas ma meilleure journée, je suis d'accord, dit-elle, en s'amusant à faire tourner le fil du téléphone entre ses doigts. Mais, maman! Nous n'avons pas entendu sonner la cloche! se défend Évelyne, en faisant pivoter le fauteuil de manière à faire face au mur. D'accord, maman. Je te promets. Oui, je vais le faire, promet-elle, tout en observant les objets pendus au mur et en écarquillant subitement les yeux. Quoi? dit-elle, distraite. Oui, oui, je suis toujours là, j'écoute. D'accord... D'accord... Oui, je sais. Oui, maman, je te verrai à la maison. Je sais... Je sais... À ce moment-là... D'accord, maman, à tout à l'heure, conclut Évelyne, en raccrochant le téléphone.

Sa conversation terminée, elle se lève vite du fauteuil et s'approche d'un grand tableau de liège accroché au mur et auquel sont pendues diverses clés. Évelyne jette un coup d'œil vers la porte, puis de nouveau vers le tableau.

— Ça doit être quelque part par ici! murmure-t-elle, en examinant les clés identifiées chacune par une étiquette colorée. Bibliothèque... Remise... Local concierge... Ce sont tous les doubles des clés! s'exclame Évelyne, en jetant un nouveau coup d'œil vers la porte. Fournitures d'art... Laboratoire... Grenier! lit-elle enfin.

Les yeux écarquillés, elle approche ses doigts de la clé tout en jetant un nouveau coup d'œil vers la porte. À travers la vitre givrée, elle aperçoit monsieur Godbout, la main sur la poignée, qui s'apprête à entrer. Elle sursaute et accroche la clé qui tombe au sol. D'un geste vif, elle la ramasse et la glisse dans sa poche.

— Terminé? demande le directeur.

— Oui, monsieur Godbout, terminé.

— J'ai fait un brin de jasette avec votre mère, mademoiselle DeGrosbois. À mon avis, elle se fait du mauvais sang à votre sujet.

— Oui, je pense aussi, répond Évelyne, en emboîtant le pas à monsieur Godbout qui l'entraîne dans le corridor.

— Si vous veniez à mon bureau demain matin, nous pourrions jaser un peu, ça vous dirait? propose monsieur Godbout.

— D'accord, répond Évelyne, avec un

hochement de tête.

— Allez! Maintenant, il faut finir votre boulot, dit monsieur Godbout.

Évelyne dévale les marches deux à deux et court rejoindre Mateo à l'autre bout du terrain de jeu.

— Où étais-tu passée? gémit-il. J'ai cru que tu étais rentrée chez toi.

— Ma mère a téléphoné à monsieur Godbout, répond Évelyne, à bout de souffle. Alors... j'ai été forcée de lui parler au téléphone.

— Ouais... Eh bien, amène-toi. J'ai hâte d'en finir avec cette corvée de poubelles.

— Regarde ce que j'ai! s'exclame Évelyne, en fouillant dans sa poche.

— Où as-tu trouvé ça? demande Mateo, en échappant son sac. Non! se reprend-il. J'aime mieux ne pas le savoir.

— Ça traînait sur le mur, dans le bureau de monsieur Godbout.

— Tu as volé une clé dans le bureau du directeur? gémit Mateo, en se tapant le front.

— Pas volé, corrige Évelyne. Emprunté. Nous la remettrons en place.

— Mais il va se rendre compte qu'il manque une clé!

— Il y a un milliard de clés! Personne ne va remarquer quoi que ce soit.

— Il est trop tard, Évelyne. Nous devons attendre à demain, répond Mateo, en ramassant son sac.

— Je sais, dit Évelyne. Mais demain matin, je dois arriver plus tôt pour rencontrer monsieur Godbout. Nous irons tout de suite après!

Chapitre 6

Visite au grenier

—Hier soir, je crevais d'envie de te téléphoner, dit Évelyne, en verrouillant sa bicyclette à côté de celle de Mateo.

— Je devine, répond Mateo. Et moi, j'ai raté toutes mes émissions favorites, une vraie torture.

— Où vas-tu? demande Mateo, en voyant Évelyne monter l'escalier.

— Rappelle-toi, je dois rencontrer monsieur Godbout.

— Oh oui! Alors, on se retrouve plus tard...
Et bonne chance, dit-il, en levant le pouce.

— Ouais, à plus tard, dit Évelyne, en entrant
dans l'école.

Quand la porte se referme derrière elle,
Évelyne se retrouve seule dans le long corridor
désert.

— Quand elle est vide, l'école a une allure
différente, se dit-elle, à voix basse. Comme si je
n'avais pas d'affaire ici.

— Ah, mademoiselle DeGrosbois, dit
monsieur Godbout, en sortant de son bureau.
Heureux que vous n'ayez pas oublié!

— Bonjour, monsieur Godbout. Vous allez
bien? demande poliment Évelyne.

— En pleine forme! J'ai ici quelqu'un qui
aimerait vous parler, dit-il, en entraînant
Évelyne dans son bureau.Voilà Monsieur
Robert qui va vous aider.

— Bonjour, monsieur Robert, dit-elle, en
apercevant le personnage.

— Peut-être que vous m'avez déjà vu ici, dit
monsieur Robert en souriant. Je parle à

quelques élèves de cette école.

— Ouais, ça se peut, répond Évelyne.

—Alors, je vous laisse, dit monsieur Godbout.

Évelyne et monsieur Robert parlent un petit moment.

Monsieur Robert est un homme extrêmement gentil. Auparavant, monsieur Robert avait parlé à la mère d'Évelyne et elle lui avait mentionné que sa fille semblait obsédée par les extraterrestres. Évelyne rassure monsieur Robert en affirmant qu'elle ne pense plus du tout aux extraterrestres.

— Nous nous reverrons demain ou après-demain, dit monsieur Robert, en mettant fin à l'entretien. D'ici là, si vous ressentez le besoin de me parler, faites-le moi savoir, dit-il, en lui souriant.

— D'accord, dit Évelyne, en refermant la porte.

— Alors, comment ça s'est passé? demande Mateo qui l'attend, dans l'escalier.

— Il y avait un bonhomme du nom de

monsieur Robert, répond Évelyne, en haussant les épaules.

— Et qu'est-ce qu'il voulait?

— Je n'en sais rien. Je crois qu'il a besoin de discuter, répond Évelyne, en regardant sa montre. Il nous reste encore vingt minutes avant la cloche. Viens, allons voir au grenier! dit Évelyne, en se précipitant dans l'escalier.

— Moins vite! supplie Mateo qui a toutes les peines du monde à la suivre.

— Nous n'avons pas l'éternité! réplique Évelyne. Rappelle-toi que nous avons promis de ne plus être en retard en classe. Prêt? demande Évelyne, en sortant la clé de sa poche.

— Impossible d'être plus prêt, répond Mateo.

Évelyne introduit la grosse clé dans la serrure et tourne lentement, jusqu'à ce qu'un déclic se fasse entendre.

— Bingo! chuchote-t-elle, en immobilisant sa main sur la poignée.

— Si tu ne veux pas que je me mette à crier,

dépêche-toi d'ouvrir! marmonne Mateo.

— S'il y a quelqu'un à l'intérieur, je ne veux pas lui faire peur, murmure Évelyne.

— Pour l'amour du ciel! grince Mateo.

Exaspéré, il attrape la poignée et pousse la porte qui s'ouvre lentement sur une grande pièce sombre.

Les charnières grincent et gémissent. Mateo se penche dans la pièce à la recherche d'un commutateur.

— Pourquoi cognes-tu sur le mur? demande Évelyne.

— Je n'arrive pas à trouver le commutateur, répond Mateo en s'avançant dans la pièce.

— C'est peut-être de ce côté de la porte, suggère Évelyne derrière lui.

Elle commence à taper le long du mur en avançant.

— Est-ce que tu l'as trouvé? demande Mateo.

— Non, il doit être de ton côté. Attends, je vais t'aider, dit Évelyne en se tournant vers Mateo.

Évelyne pousse alors un cri,

— Une toile d'araignée! Enlève-la! crie-t-elle en secouant sa tête vivement. C'est dans mes cheveux!

— Évelyne, tiens-toi tranquille!

—Je crois que l'araignée est descendue dans mon dos! Oui, je la sens, dit Évelyne en commençant à danser sur place en agitant la tête et les bras.

— Évelyne! Arrête de bouger! dit Mateo en lui attrapant le poignet.

Évelyne tourne lentement la tête et regarde derrière elle.

— Est-ce qu'elle est sur moi? demande-t-elle.

Mateo tient le bout d'une longue ficelle.

— Ce n'est pas une toile d'araignée, Évelyne. Tu as trouvé le commutateur, dit-il.

Mateo tire sur la ficelle qui pend du plafond et le grenier s'éclaire faiblement.

— C'est immense! murmure Évelyne, en jetant un regard circulaire dans la pièce.

Une véritable armée d'armoires et de tablettes sont alignées sur toute la longueur d'un mur, alors que celui d'en face disparaît derrière un fouillis de boîtes et de vieilles malles empilées de travers les unes sur les autres.

— Regarde-moi ce bazar! s'extasie Évelyne, émerveillée.

— De toute évidence, il n'y a personne ici, constate Mateo.

— C'est ici qu'était le visage, dit Évelyne, en s'approchant d'une fenêtre et en y appuyant la main. C'est ici que se tenait le personnage, ajoute-t-elle, en regardant le plancher. Juste ici!

— Elles sont identifiées par dates, dit Mateo, après avoir épousseté quelques-unes des étiquettes collées sur les boîtes et les valises.

— D'après toi, qu'est-ce qu'il y a là-dedans? demande Évelyne, en s'approchant de Mateo.

— Aucune idée. C'est inscrit 1975 sur celle-ci, dit-il, en soulevant le couvercle de la boîte.

— Qu'est-ce qu'il y a dedans?

— Toute une pile de photos de classe. Seigneur! Quels bizarres de vêtements!

— Ta sœur porte encore des trucs comme ça! dit Évelyne, en se penchant au-dessus de l'épaule de Mateo. Regarde-moi ces chaussures! Les mêmes que celles que Zoé porte tout le temps!

— Hé, c'est vrai! s'esclaffe Mateo, en remettant les photos en place avant de refermer le couvercle.

— C'est écrit 1945 sur celle-ci, dit Évelyne, en soulevant le couvercle d'une autre boîte. Des articles de journaux! s'exclame-t-elle, en ouvrant un grand cahier. Tous sur la Deuxième Guerre mondiale.

— Montre! s'exclame Mateo. Mon grand-père était là!

Évelyne lui tend le cahier et se met à regarder les étiquettes sur les autres boîtes.

— Et si on cherchait une boîte identifiée... C'était quoi déjà cette date? demande Évelyne. Celle où Jean-Pierre Stanislas a disparu?

— 1937, répond Mateo, en refermant le cahier et en le remettant dans sa boîte.

— Alors, cherchons une boîte marquée 1937, dit Évelyne, en se mettant à essuyer les étiquettes.

— Je l'ai! annonce Mateo, après un moment. Elle est ici, sous la pile. C'est une vieille malle.

— Allez! On enlève les boîtes du dessus, dit Évelyne, en attrapant la première sur la pile. Hou-là-là! Ce que c'est lourd!

Mateo attrape l'autre bout de la boîte et aide Évelyne à la déposer au sol. Ils enlèvent consciencieusement toutes les boîtes et les rempilent les unes sur les autres jusqu'à ce que la vieille malle identifiée 1937 se retrouve seule devant eux.

— Tu veux l'ouvrir? propose Mateo.

— On l'ouvre ensemble, répond Évelyne.

Ils placent solennellement leurs mains sur le couvercle de la malle, puis se regardent mutuellement.

— Prête? demande Mateo.

— Prête, répond Évelyne. Non! Attends...

— Qu'est-ce qu'il y a encore?

— Et s'il y avait quelque chose de dégoûtant là-dedans?

— Dégoûtant?

— Oui, dégoûtant. Imagine que ce soit plein

d'araignées là-dedans.

— Des araignées maintenant! soupire Mateo. Mais il n'y aura pas d'araignées, dit-il, en roulant des yeux mauvais.

— Et qu'est-ce que tu en sais? demande Évelyne, en reculant d'un pas.

— Eh bien, je n'en sais rien. Il n'y avait pas d'araignées dans les autres boîtes, non? argumente Mateo, tandis qu'Évelyne acquiesce, en hochant la tête. Alors, arrive! continue Mateo. Nous allons ouvrir cette malle et tu vas constater qu'il n'y a rien de bizarre à l'intérieur. Et là, tu vas réaliser qu'hier matin, il y avait probablement ici quelqu'un de bien ordinaire en train de faire quelque chose de tout à fait normal. Ensuite, nous pourrons enfin revenir à une vie normale, d'accord?

— D'accord, nous allons l'ouvrir ensemble, d'accord, consent Évelyne, en regardant la malle.

— Allez! À trois, on ouvre. Tu es prête?

Évelyne crache dans la paume de ses mains,

puis les frotte l'une contre l'autre.

— Pourquoi tu fais ça? demande Mateo. C'est dégoûtant!

— C'est pour attirer la chance, réplique Évelyne. J'ai déjà vu quelqu'un faire ça dans un film.

— Un, deux... commence Mateo.

— Pas d'araignées? demande Évelyne.

— Pas d'araignées! grogne Mateo, en se voulant rassurant. Un, deux... compte Mateo, en regardant Évelyne dans les yeux. Trois!

À ce moment précis, la cloche sonne. Étonnés, Évelyne et Mateo se regardent l'un l'autre.

— Et maintenant? demande Évelyne.

— Il faut descendre tout de suite! répond Mateo. Surtout après ce qui s'est passé hier...

— Pas question d'une autre corvée de poubelles! réplique vivement Évelyne.

— Viens vite! dit Mateo, nous reviendrons à la pause du déjeuner.

— D'accord, dit Évelyne, en posant la main sur le couvercle de la malle.

— Arrive! dit Mateo, en filant vers la porte.

— J'arrive, répond Évelyne.

Mateo est déjà au milieu de l'escalier quand Évelyne referme la porte et la verrouille.

— Nous reviendrons, murmure Évelyne, en glissant la clé dans sa poche. Sois sans crainte, Jean-Pierre Stanislas... nous reviendrons!

Chapitre 7

La vieille malle

Au cours de la matinée, Évelyne et Mateo réussissent à éviter les ennuis. Au son de la cloche qui annonce la pause du déjeuner, madame Lacasse s'approche du pupitre d'Évelyne.

— Les choses vont beaucoup mieux aujourd'hui, dit-elle. C'est un changement très agréable. Vous pouvez aller manger maintenant.

Évelyne se dirige vers la cafétéria. Elle prend son plateau et, en compagnie de Mateo, grimpe l'escalier qui mène au grenier.

— De la salade mexicaine? demande Mateo, tandis qu'Évelyne pose son plateau sur la dernière marche et sort la clé de sa poche.

— Ça en a tout l'air, répond-elle, en glissant la clé dans la serrure.

— On fait un échange? propose Mateo, en lui tendant son sac à lunch.

— Tu pourras prendre les morceaux de tortillas frites, dit-elle, tout en tournant la clé dans la serrure.

Le déclic se fait entendre et la porte s'ouvre. Après avoir jeté un coup d'œil prudent vers le pied de l'escalier, Évelyne ramasse son plateau et se redresse.

— Viens vite! dit-elle.

Ils se glissent dans le grenier et Mateo se dirige tout de suite vers la malle identifiée «1937». Il pose son sac à lunch par terre, et, ensemble, ils soulèvent le couvercle.

— Voyons voir ce qu'il y a là-dedans! dit

Mateo, fébrile.

— Regarde le premier, dit Évelyne, en chassant la poussière qui vole dans l'air.

— Il y a des papiers... Un vieux cahier... Une chaussure... dit Mateo, tout en fouillant.

— Une chaussure... Une seule? demande Évelyne.

— Ouais... Une vieille godasse. Ça a l'air d'un truc pour écrire, continue Mateo, en sortant une plume à réservoir.

—Mon grand-père en a une dit Évelyne. Qu'est-ce qu'il y a d'autre?

— Tu te souviens? dit Mateo, en sortant une série de dessins de dinosaures. Monsieur Godbout nous avait bien dit que Jean-Pierre Stanislas était fou des dinosaures. Regarde! C'est une sorte de cahier de notes.

— Vite! Ouvre-le! dit Évelyne, surexcitée.

— C'est plein de trucs sur les dinosaures, constate Mateo, en ouvrant l'album. L'écriture est difficile à lire. Regarde! Je crois que ça dit... Iguanodon? dit Mateo, en montrant le cahier à Évelyne.

Elle remonte ses lunettes sur son nez et jette un coup d'œil au cahier.

— Je crois que c'est bien ça, répond Évelyne, en hochant la tête.

— Regarde-moi ces dessins, dit Mateo. Ils représentent tous des dinosaures... Et sous chacun, c'est écrit Iguanodon.

— Les Iguanodons n'avaient pas du tout l'air de ça! affirme Évelyne, après avoir examiné les dessins. Tu te souviens? L'année dernière, avec madame Bordes, nous avons étudié ces dinosaures.

— Qui sait? dit Mateo, en se grattant le front. La personne qui a fait ces illustrations ne dessinait peut-être pas très bien, ajoute-t-il, en faisant défiler les pages sous son pouce. Il y a le nom de Jean-Pierre Stanislas sur la première page. Ce cahier devait lui appartenir! constate Mateo. C'est bizarre qu'il n'ait pas su à quoi ressemble un Iguanodon, commente Mateo, en replongeant dans la malle. Il y a autre chose au fond! s'exclame-t-il, en ressortant un grand morceau de papier.

— C'est tout jaune, remarque Évelyne.

— C'est parce que c'est très vieux.

— Et qu'est-ce que c'est? demande Évelyne, en s'étirant le cou pour mieux voir.

— On dirait une espèce de carte, constate Mateo, après avoir étalé le papier sur le plancher.

— C'est bien une carte, acquiesce Évelyne, mais une carte de quoi?

— Attends une seconde! s'exclame Mateo, en se relevant pour avoir une meilleure vue d'ensemble. On dirait que c'est une carte de la cour de récréation!

— De la cour de récréation? dit Évelyne, en jetant un coup d'œil par-dessus l'épaule de Mateo. Mais il manque un grand bout de l'école.

— C'est une vieille carte, explique Mateo, après avoir réfléchi un moment. Ça date de 1937, tu te souviens? La nouvelle section de l'école n'avait pas encore été construite, il n'y a que l'ancienne bâtisse sur la carte.

— Eh oui, ça a du sens! Et qu'est-ce qui est

écrit là, en bas? demande-t-elle.

— C'est difficile à lire... Je crois que ça dit «Projet de recherche».

— Projet de recherche? Recherche de quoi, hein? Et ça, qu'est-ce que c'est? demande-t-elle, en pointant vers une marque sur la carte. On dirait un gros X. Tu sais ce que ça veut dire!

Sur le plan, le doigt de Mateo suit une ligne pointillée qui va de l'entrée de l'école jusqu'à un point marqué par le grand X.

— Il y a une note qui dit : 25 pas! dit Mateo.

— Il y a peut-être un dinosaure enterré dans la cour! couine Évelyne, surexcitée.

— Je ne crois vraiment pas, réplique calmement Mateo, en la regardant d'un drôle d'air. Par contre, on dirait qu'il s'agit d'une carte de course au trésor, poursuit-il.

— Wow! s'exclame Évelyne, en s'asseyant par terre. Et dire que tu croyais qu'on ne trouverait rien d'extraordinaire! Est-ce que tu me crois, maintenant?

— Eh bien... Je dois admettre que nous avons trouvé quelque chose de très intéressant, convient Mateo, en continuant d'examiner la carte. J'adore les vieilles cartes!

— Je le savais! Je savais que nous trouverions quelque chose! s'exclame Évelyne, survoltée, tout en jetant un regard circulaire dans le grenier. Maintenant, je me demande où peut bien être le fantôme...

— Je me demande bien ce qu'il peut y avoir enterré là, dit Mateo, en sortant son sandwich de son sac.

— Mateo! Prends garde à ne pas salir la carte! Allez, viens! Allons voir à quel endroit mène le plan.

— Nous allons devoir creuser un trou au beau milieu de la cour de récréation, dit Mateo, après avoir gobé son sandwich. Et sans que personne ne nous remarque, ajoute-t-il, en regardant Évelyne dans les yeux. Comment on fait ça?

— Ça ne sera pas facile, je l'admets, convient Évelyne, en donnant une poignée de tortillas frites à Mateo. Par contre... Je crois qu'il doit y avoir un moyen...

— Attends! Ne me dis rien... Tu penses à quelque chose, non?

— Mateo! Tu me connais? réplique Évelyne, avec un grand sourire. Bien sûr que je vais trouver une solution!

— D'accord! Mais commençons par sortir dans la cour et mesurer, dit Mateo, en roulant soigneusement la carte. Au moins, nous saurons où ce plan nous mène.

— Nous avons le temps avant que la cloche sonne! dit Évelyne, en refermant le couvercle de la malle. Allez, viens! ordonne-t-elle, en se précipitant vers la porte.

Une fois rendus dehors, Mateo s'installe sur la plus haute marche de l'escalier arrière, déroule soigneusement la carte et la tourne à l'envers.

— Nous sommes ici, dit-il, en montrant un point sur la carte. Sur l'escalier arrière de la vieille école, et la ligne pointillée sur la carte mène dans cette direction, conclut-il, en pointant vers le terrain de jeu.

— Allez! Mesurons pour voir où ça nous

mène! dit Évelyne, en jetant un coup d'œil au-delà de la meute d'élèves. Est-ce que je dois faire de grands ou de petits pas? demande-t-elle, tandis qu'ils descendent vers le pied de l'escalier.

— Fais simplement des pas normaux, répond Mateo. Pars la première. Moi, je vais suivre, et nous verrons bien si nous arrivons au même point.

— D'accord, convient Évelyne, en commençant à marcher dans la cour de récréation. Un... Deux... Trois... Quatre...

Subitement, elle doit s'arrêter pour laisser passer un élève qui croise son chemin en courant.

— J'en étais à quatre ou à cinq? demande-t-elle, en se tournant vers Mateo.

— Le prochain pas, c'est cinq! répond Mateo, en secouant la tête, agacé.

— D'accord! dit-elle, en reprenant sa marche. Vingt-trois... Vingt-quatre... compte Évelyne, en enjambant délicatement une petite fille.

— Hé! Attention! proteste la fillette.

— Vingt-cinq! VINGT-CINQ!!! hurle Évelyne, à l'attention de Mateo.

À son tour, Mateo s'avance en comptant. Au vingt-cinquième pas, il arrive côte à côte avec Évelyne.

— Mateo, dit Évelyne, en regardant ses pieds. Nous sommes au beau milieu du carré de sable!

Chapitre 8

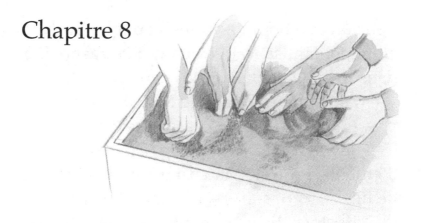

Mariçoise

— Tu veux dire que ce que nous cherchons est enterré dans ce carré de sable? demande Mateo.

— Pourquoi pas? C'est l'endroit idéal pour enterrer quelque chose, répond Évelyne.

— Et tu crois que ce carré de sable est là depuis 1937? demande Mateo.

— Mon père m'a déjà dit que, lorsqu'il était petit, il jouait dans ce carré de sable. Cela fait donc un bon bout de temps! réplique Évelyne, en remontant sa frange avant de s'agenouiller dans le sable. Alors?

— Alors quoi? demande Mateo.

— Eh bien, tu m'aides à creuser?

— Évelyne! Le carré de sable est plein d'enfants! proteste Mateo, en regardant autour de lui.

— Et alors? Ils ne remarqueront absolument rien, rétorque Évelyne, en plongeant ses mains dans le sable humide.

— Nous devrions peut-être attendre plus tard, quand il n'y aura plus personne, suggère Mateo, en s'agenouillant dans le sable à côté d'Évelyne.

— Et tu crois peut-être que madame Lacasse ne remarquera pas notre absence? dit Évelyne, en regardant Mateo d'un air déçu.

— Hé! dit une petite voix. Qu'est-ce que vous faites?

Évelyne et Mateo lèvent les yeux et aperçoivent une mignonne petite bonne femme qui les regarde fixement. Elle a de jolis yeux bleus tout ronds et tient un camion à bascule dans ses mains.

— Nous creusons, tout simplement, répond Évelyne.

— Et pourquoi faire? demande la fillette.

— Comment t'appelles-tu? demande Mateo.

— Marie-Françoise, répond la petite. Mais on m'appelle Mariçoise, continue-t-elle.

— Alors, Mariçoise... commence Évelyne.

— Vous creusez jusqu'en Chine? demande Mariçoise.

— C'est exact, nous creusons jusqu'en Chine, répond Évelyne, en faisant un clin d'œil à Mateo.

— Hé! s'écrie Mariçoise, à l'attention de ses amis, à l'autre extrémité du carré de sable. Ces grands-là vont creuser jusqu'en Chine!

Pendant ce temps, un autre élève de maternelle s'approche d'Évelyne et de Mateo, puis un autre.

— Est-ce que je peux creuser avec vous? demande un petit garçon.

— Pourquoi pas, répond Évelyne, en

haussant les épaules. Plus nous serons nombreux à creuser, plus vite nous arriverons en Chine!

Quelques minutes plus tard, le carré de sable bourdonne d'activité. Les élèves de maternelle creusent des trous un peu partout. Quant à Évelyne et Mateo, ils continuent de creuser à l'endroit précis qu'ils ont déjà repéré.

— Qu'est-ce que vous faites? demande le surveillant qui s'est approché, intrigué.

— Oh! Bonjour, monsieur Renaud, répond Évelyne.

— Tout le monde creuse jusqu'en Chine! répond fièrement la petite Mariçoise.

— Ça fait chaud au cœur de voir tout ce petit monde travailler ensemble, réplique monsieur Renaud

Durant toute la pause du déjeuner, Évelyne et Mateo continuent de creuser.

— Je ne vois absolument rien, dit Mateo, en se redressant pour s'étirer les muscles du dos. Un gros désordre, voilà tout ce que nous avons réussi à faire. Je commence à croire que nous

nous sommes trompés d'endroit, à moins qu'il n'y ait rien à trouver.

— Tu ferais un bien mauvais pirate, lui dit Évelyne, en essuyant la sueur sur son front. Un vrai pirate n'abandonne pas si facilement.

— Je ne suis pas un pirate, réplique Mateo, en se laissant basculer de tout son long dans le sable. Quelle profondeur a ce carré de sable tu crois?

— Une chose est certaine, c'est qu'il est profond! répond Évelyne, en se remettant à creuser.

— Je vais faire la vigie, propose Mateo, en roulant sur le ventre.

— Avez-vous déjà trouvé la Chine? demande la petite Mariçoise, qui creuse juste à côté d'eux.

— Non, Mariçoise... Nous n'avons pas encore trouvé la Chine, répond Mateo.

— Est-ce que je dois continuer à creuser? Mon trou est vraiment très gros!

— Bien sûr que oui, Mariçoise. Continue à creuser!

— Ah! non! s'exclame Évelyne, en entendant le son de la cloche. Je parie que nous sommes tout près du but. Juste un peu et ça y était, je le sens! Tant pis, nous continuerons à la récréation de cet après-midi.

— Regarde-moi tous les enfants qui creusent! s'exclame Mateo, en se relevant pour enlever le sable de son jean.

— Est-ce que nous pourrons jouer encore avec vous à la récréation? demande la petite Mariçoise, en s'essuyant les mains sur ses manches. C'est super-amusant!

— Bien sûr, Mariçoise, répond Évelyne.

Cet après-midi, la période de lecture semble durer une éternité. Évelyne relève continuellement la tête pour regarder l'heure. Finalement, elle se cale dans sa chaise en poussant un long soupir.

— Quelque chose ne va pas, Évelyne? demande madame Lacasse.

— Non, madame, répond Évelyne. Est-ce que ce n'est pas l'heure de la gymnastique?

— Non, répond madame Lacasse. Encore

quinze minutes.

— Ouf! fait Évelyne, en poussant un nouveau soupir, avant de se replonger dans la lecture de son magazine.

Au même moment, on frappe à la porte. Évelyne relève le nez et aperçoit monsieur Lanteigne par la vitre de la porte.

— Excusez-moi un moment, dit madame Lacasse, en se levant pour aller parler avec le concierge dans le corridor.

Évelyne lance un coup d'œil à Mateo qui a relevé les yeux en direction de la porte pour écouter la conversation.

— Je vois, dit madame Lacasse. Merci beaucoup, monsieur Lanteigne, conclut-elle, avant de refermer la porte et de venir s'installer devant la classe. Attention! Je dois interrompre votre lecture une petite minute, annonce-t-elle. Monsieur Lanteigne fait le tour des classes afin de savoir si quelqu'un sait quelque chose à propos d'élèves qui seraient montés au grenier durant le déjeuner.

En attendant une réponse, madame Lacasse

jette un regard circulaire dans la classe et, durant un bref moment, ses yeux croisent ceux d'Évelyne. Celle-ci replonge vivement les yeux dans sa lecture, puis se tourne vers Mateo qui a relevé le couvercle de son pupitre et fait mine d'y chercher quelque chose.

— Il semble que les coupables aient laissé un plateau et un sac à lunch là-haut, dit madame Lacasse, tandis qu'Évelyne ferme les yeux, accablée. Alors si quelqu'un sait quelque chose à ce sujet, continue madame Lacasse, qu'il me le fasse savoir. L'accès au grenier est strictement interdit à tous les étudiants. Maintenant, vous pouvez retourner à votre lecture pour quelques minutes encore.

Évelyne a l'impression que madame Lacasse a le regard posé sur elle. Elle fait attention de ne pas lever la tête.

Juste avant d'entrer dans le gymnase, Mateo retient Évelyne par la manche de manière à laisser la porte se refermer devant eux.

— Elle sait que c'est nous! J'ai l'impression

qu'elle ne regardait que moi! dit Mateo, en s'étranglant.

— Non! C'est moi qu'elle regardait! réplique Évelyne.

— Il faut absolument avouer que c'était nous. J'ai le pressentiment que, d'une manière ou d'une autre, ils vont nous découvrir, dit Mateo, d'une voix désespérée.

— Dans ce cas-là, Mateo, nous ne résoudrons jamais le mystère. Allez! Tiens le coup encore un peu. Moi, j'ai le pressentiment qu'à la récréation, nous allons le trouver ce trésor. Après la gymnastique c'est l'heure de la récréation.

Quand Évelyne et Mateo arrivent au carré de sable, ils tombent sur la petite Mariçoise, déjà occupée à creuser.

— Alors, tu as trouvé quelque chose? demande Mateo.

— Oui! répond Mariçoise, en se relevant d'un bond.

— Quoi? Qu'as-tu trouvé? lui demande Évelyne.

— J'ai trouvé une bille dit Mariçoise, avec un sourire coquin. J'ai trouvé une belle grosse vieille bille. Elle ouvre sa petite main pour laisser les deux grands contempler son trésor.

— Formidable! l'encourage Évelyne.

Durant toute la récréation, ils continuent de creuser, sans succès. Quand la cloche sonne, Mateo se relève et essuie le sable sur ses mains.

— Évelyne, je ne crois pas qu'il y ait quoi que ce soit ici, dit-il. Ça n'aurait pas été enterré si profond.

— Je n'en sais rien, Mateo, réplique Évelyne, en se levant à son tour. Mais rappelle-toi que nous avons mesuré la distance séparément et que nous sommes tous deux arrivés exactement au même point. Il faut que ce truc soit ici, quelque part.

— Est-ce qu'on peut encore jouer demain? demande Mariçoise.

— Bien sûr que oui, répond Mateo. Viens Évelyne, il ne faut pas arriver en retard en classe.

— Ouais, je sais, réplique-t-elle, en sortant du carré de sable. Tu sais, Mateo, je crois que nous ne devrions pas abandonner aussi facilement, ajoute Évelyne.

Le dernier segment de leur journée est consacré aux travaux de recherche en sciences. Quand enfin Évelyne et Mateo sortent de l'école, la petite Mariçoise les attend, assise sur la dernière marche de l'escalier de l'entrée.

— Est-ce qu'ils ont des boîtes, en Chine? leur demande la fillette, à brûle-pourpoint.

— S'ils ont quoi? demande Mateo, surpris.

— Des boîtes, répète Mariçoise. Après la récréation, nous, les petits, nous continuons à jouer dehors. Alors, j'ai continué à creuser, et j'ai trouvé ceci, explique Mariçoise, en leur montrant une veille boîte en métal qu'elle avait jusqu'alors dissimulée derrière son dos.

— Oh Seigneur! s'exclame Évelyne, en tendant la main vers le coffret. Tu l'as trouvé!

— Je ne peux pas le croire! souffle Mateo, en écarquillant les yeux. Il y avait vraiment un trésor là-dessous!

— Un trésor? dit Mariçoise, en ramenant le coffret vers elle et en le serrant sur sa poitrine.

— Non, non! Pas un trésor, corrige vivement Mateo. Nous cherchions quelque chose, et tu l'as trouvé.

— Mais vous m'avez dit que vous creusiez jusqu'en Chine! proteste Mariçoise, en fronçant les sourcils.

— Désolée, répond Évelyne, mais c'était plus drôle comme ça, tu ne trouves pas, Mariçoise? Je te propose un truc. Tu nous laisses la boîte, à Mateo et moi, et, demain, je te promets de te dire ce qu'il y avait dedans.

— Vous êtes comme les autres! proteste Mariçoise, en serrant le coffret encore plus fort. Les grands racontent toujours des mensonges!

— Je te promets, juré sur la tête de ma mère! dit Évelyne.

— Sur la tête de ta mère? demande Mariçoise, intéressée.

— Sur la tête de ma mère! répète Évelyne, en

redressant l'auriculaire de sa main droite. Et on promet aussi de jouer avec toi demain.

— Et toi? Tu promets sur la tête de ta mère? demande Mariçoise, en se tournant vers Mateo.

— Bien sûr, dit Mateo, en redressant l'auriculaire de sa main droite. Sur la tête de ma mère!

Là-dessus, ils allongent tous trois le bras, de manière à faire toucher le bout de leurs auriculaires, puis Mariçoise remet la boîte à Évelyne.

— Merci, Mariçoise, dit Évelyne. On se revoit demain! ajoute-t-elle, tandis que la fillette s'éloigne.

— Nous avons vraiment quelque chose! s'exclame Évelyne, en se retournant vers Mateo. Où peut-on ouvrir ça? Je ne veux pas que tout le monde nous voie.

— Je sais, acquiesce Mateo.

— Et je n'ai pas beaucoup de temps non plus! ajoute Évelyne, en regardant sa montre, énervée. Après mes difficultés des derniers jours, mes parents insistent pour que je rentre à la maison sitôt l'école finie, explique Évelyne, trépignant d'impatience et sautant sur place.

Mateo l'attrape par les coudes jusqu'à ce qu'elle se calme. Ils se regardent tous deux dans les yeux, puis la même idée leur traverse l'esprit.

— La cabane dans l'arbre! s'exclament-ils, en chœur.

Chapitre 9

Le mystérieux coffret

En arrivant devant la maison de Mateo, ils déposent leur bicyclette par terre. Ils se dirigent vers l'arbre où est la cabane. Une fois grimpés, Mateo remonte l'échelle de corde, tandis qu'Évelyne referme la porte derrière eux et se met à fouiller nerveusement dans son sac à dos.

— Dépêche-toi, dit Mateo.

— Je fais de mon mieux, réplique Évelyne,

en se débattant avec un nœud.

Quand elle arrive finalement à ouvrir son sac, elle sort le coffret et le dépose délicatement sur le plancher de la cabane. Pendant un moment, les deux amis regardent fixement la petite boîte de métal, silencieux.

— Qu'y a-t-il là-dedans, tu crois? demande Mateo.

— Je ne sais pas, répond Évelyne. Qui va l'ouvrir?

— Je crois que c'est toi qui devrais l'ouvrir, répond Mateo, prudent. Cette histoire de fantôme, c'est ton idée, dit-il, en poussant le coffret vers Évelyne. Alors, à toi l'honneur.

— À moi? répète Évelyne. Tu en es sûr?

— Ouais. Et hâte-toi! Zoé va arriver d'une minute à l'autre, ajoute Mateo, fébrile. Allez! Voyons voir ce qu'il y a là-dedans.

Évelyne tire le coffret vers elle et essuie minutieusement le sable encore collé au métal.

— Prêt? demande-t-elle.

— Oui, oui, je suis prêt! répond Mateo, impatient. Fais vite!

Évelyne pose délicatement la main sur le couvercle du coffret et se met à tirer.

— C'est coincé! dit-elle.

— Force un peu! réplique Mateo. Tire plus fort!

— C'est vraiment coincé! dit Évelyne, en essayant de nouveau.

— Allez, Évelyne! l'encourage Mateo. Tu vas y arriver!

Évelyne s'agrippe une troisième fois au couvercle et tire de toutes ses forces.

— Ça y est! s'exclame-t-elle, tandis que le couvercle vole à travers la pièce.

— Et qu'est-ce qu'il y a? demande Mateo. Qu'est-ce que tu vois?

— Un vieil article de journal, dit Évelyne, en sortant un bout de papier.

— Montre! dit Mateo, excité.

— Couronnement du roi Georges VI, dit Évelyne, en lisant le titre de l'article. C'est arrivé le 12 mai, ajoute-t-elle, en regardant la date du journal.

— Le roi qui? répète Mateo, intrigué. Et

qu'est-ce qu'il y a d'autre?

— Un type nommé Joe Lewis a gagné un combat de boxe, continue Évelyne, en sortant un autre article de journal.

— Et à part ça?

— Les Red Wings ont gagné la coupe Stanley, dit Évelyne, en sortant deux nouveaux bouts de papier. Hé!... Il y a un article sur Babe Ruth!

— C'est pas vrai! se lamente Mateo. Je ne peux pas croire qu'il n'y ait pas quelque chose de plus intéressant là-dedans!

— Un autre article, dit Évelyne, en continuant de fouiller dans le coffret. C'est à propos du Hindenburg...

— Oh! C'est ça! s'exclame Mateo. Jean-Pierre Stanislas voyageait peut-être à bord du Hindenburg! Ça expliquerait sa disparition subite!

— Ça ne colle pas, dit Évelyne, en regardant la date sur l'article. Le Hindenburg a explosé en mai... Et souviens-toi que monsieur Godbout nous a dit que Jean-Pierre Stanislas avait été présent jusqu'à la fin de l'année scolaire.

— Ah oui, c'est vrai! dit Mateo, en se tapant sur le front. À moins qu'il ait été à bord du Titanic! Voilà pourquoi il n'est jamais revenu!

— Et le Titanic, tu sais à quelle date il a coulé? demande Évelyne, en se grattant le menton. Nous allons peut-être trouver quelque chose à ce propos... ajoute-t-elle, en recommençant à fouiller dans le coffret.

— Tu sais, Évelyne... dit Mateo, en regardant les articles de journaux étalés sur le plancher de la cabane. Ça me fait penser au jeu des capsules mystère. Il s'agit de mettre toutes sortes de choses dans une boîte, puis de l'enterrer.

— Et ça sert à quoi? demande Évelyne, en relevant les yeux vers Mateo.

— Peut-être à ce que les gens du futur sachent comment se passait la vie autrefois, propose Mateo, en haussant les épaules. Mon arrière-grand-père m'a déjà parlé d'une capsule mystère qu'il avait préparée... Sauf qu'il n'arrive plus à se rappeler où il l'a enterrée.

— Il y a encore quelque chose au fond, dit Évelyne, en sortant un dernier bout de papier du coffret.

— Et ça dit quoi?

— C'est un article sur un dinosaure géant, répond Évelyne, en étalant la coupure de journal sur le plancher.

— Un dinosaure géant? répète Mateo, intrigué.

— Ouais! Ça dit qu'un chercheur, le docteur Brown, serait le premier à avoir découvert les ossements d'un Iguanodon, le plus grand des dinosaures, dit Évelyne.

— Le plus grand des dinosaures? L'Iguanodon n'est pas le plus grand des dinosaures, réagit Mateo, sceptique. Et qu'est-ce que ça dit d'autre?

— Que ça s'est passé quelque part au Wyoming... continue Évelyne. C'est dans un pli du journal, le nom de la ville est difficile à lire... De toute manière, c'est aux États-Unis.

On dit que des fouilles sont en cours, qu'on utilise des pelles à vapeur.

— Et de quand date cet article? demande Mateo.

— Ça dit juin, répond Évelyne, en scrutant le haut de la page. Mais je ne trouve pas l'année, le journal est déchiré.

— Et là? demande Mateo, en pointant la reproduction d'une carte, imprimée dans l'article. On dirait quelque chose d'encerclé au stylo!

— On dirait qu'on a encerclé le nom d'une ville... répond Évelyne. Le Wyoming, c'est quelque part aux États-Unis, non? demande-t-elle.

— Je crois bien, mais je n'en sais trop rien, répond Mateo, en haussant les épaules. Et la carte? C'est une carte de quel endroit?

Évelyne se baisse pour examiner la carte de plus près, puis se relève et tend l'article à Mateo.

— Ça s'appelle Rock Springs, répond Évelyne. C'est ce dont Jean-Pierre Stanislas parlait juste avant sa disparition.

— Rock Springs, c'est le nom d'une ville? demande Mateo.

— C'est ce qui me semble, répond Évelyne.

Mateo lit à voix haute la totalité de l'article.

— Je me demande, dit Mateo, en pensant tout haut. Si monsieur Stanislas a lu cet article et puisqu'il était fou de dinosaures il est parti à Rock Springs pour se joindre aux recherches!

— Je te parie qu'il est parti là-bas et qu'il a décidé d'y rester, dit Évelyne. Il s'est mis à aider à déterrer d'autres ossements de dinosaures...

— Et c'est pourquoi il n'est jamais revenu! complète Mateo.

— Avoir le choix entre chercher des os de dinosaures et être directeur d'école... Tu serais revenu, toi?

— Oh que non! répond Mateo, en secouant vivement la tête.

— Mais tout ça n'explique pas le fantôme! lance Évelyne, en se redressant brusquement.

— Hé, Mateo! lance une voix. Tu es encore caché dans ta cabane de bébé?

— Zoé! murmure Mateo, en serrant les dents.

— C'est à ton tour de vider le lave-vaisselle! hurle Zoé.

— Je descends dans une minute! répond Mateo.

— Et ne compte pas sur moi pour le faire à ta place! continue Zoé, en criant.

— J'ai dit UNE MINUTE! réplique Mateo, en criant à son tour.

— Je vais réexaminer tout ça en rentrant à la maison, dit Évelyne, en rassemblant précieusement les articles de journaux. Nous devons reparler de ce fantôme, complète-t-elle, en rangeant le coffret dans son sac à dos.

— D'accord, dit Mateo, en ouvrant la porte et en laissant l'échelle de corde se dérouler dans le vide.

— Il y a peut-être quelque chose d'autre, là-dedans. Quelque chose qui nous a échappé, ajoute Évelyne, en enfourchant sa bicyclette.

Chapitre 10

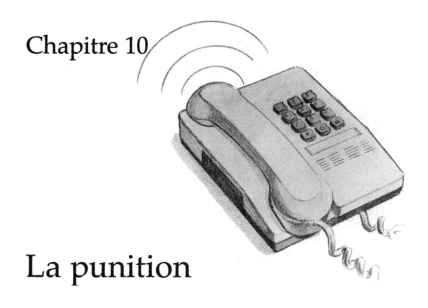

La punition

— S'il te plaît, maman! Juste un coup de téléphone!

— Hors de question, réplique la mère d'Évelyne, en relevant les yeux de son journal. Et je te préviens, inutile d'argumenter davantage. Assume les conséquences de tes actes.

— Oh! maman... Un seul petit coup de fil de rien du tout! Même pas cinq minutes!

— Non, répond fermement madame DeGrosbois, en refermant son journal.

— D'accord, d'accord... Quatre minutes alors? Quatre toutes petites minuscules minutes? plaide Évelyne, en retenant son souffle.

— Évelyne, ne me dis pas que tu ne comprends pas le français? J'ai dit non, répète madame DeGrosbois.

— Rrrahhh! rugit Évelyne, en relâchant son souffle.

— Maintenant, file à ta chambre faire tes devoirs, ordonne sa mère. Et ne pense surtout pas utiliser le téléphone de ma chambre. Si jamais je prends l'appareil de la cuisine et que je me rends compte que tu utilises celui de la chambre, je crois que je... que je... que je t'interdis le téléphone pour le reste de tes jours!

Évelyne agrippe la rampe d'escalier et se tracte jusqu'en haut. En passant devant la chambre de ses parents, elle hésite puis, finalement, elle se résigne à gagner sa chambre et referme tout doucement la porte derrière elle. Elle dépose son sac à dos par terre, sort le coffret de métal et se met à relire attentivement les articles de journaux qu'il contient.

— Est-ce possible que monsieur Stanislas ait tout laissé tomber pour partir à Rock Springs? se demande-t-elle, en réfléchissant tout haut.

Après le dîner, Évelyne s'installe devant l'ordinateur et mets son encyclopédie sur cédérom et se branche sur Internet pour avoir davantage d'information. De fait, elle y trouve la confirmation que les premiers ossements d'Iguanodon furent bel et bien découverts à Rock Springs, au Wyoming. Elle vérifie également les informations sur le naufrage du Titanic.

— Juste au cas où... se dit-elle. Le 15 avril 1912, murmure-t-elle. Beaucoup trop tôt.

En entendant sonner le téléphone, instinctivement, Évelyne bondit de sa chaise pour répondre.

— Du calme, jeune fille, intervient sa mère. Privée de téléphone, ça veut dire que tu ne parles à personne... Même si quelqu'un t'appelle, dit-elle, en se dirigeant vers la cuisine.

Découragée, Évelyne se laisse retomber lourdement sur sa chaise et prête l'oreille à la conversation téléphonique.

— Désolée, Mateo, dit madame DeGrosbois. Évelyne est privée de téléphone jusqu'à la fin de la semaine... D'accord, je lui ferai le message, dit-elle, avant de raccrocher l'appareil.

— Qu'est-ce qu'il a dit? demande Évelyne.

— Dis-donc, travaillez-vous en équipe sur un projet spécial? demande sa mère.

— Ouais, c'est quelque chose du genre, répond Évelyne, évasive. Une espèce de truc en histoire.

— Ah bon. Alors, dans ce cas... Mateo te fait dire d'être à l'école très tôt demain matin. Maintenant, viens. Il est l'heure de fermer l'ordinateur et d'aller au lit. Tes devoirs sont faits?

— Il me semble que oui, répond Évelyne.

— Dans ce cas, ouste! Au lit.

Le lendemain matin, Évelyne prend son petit déjeuner avec son père.

— Alors, fillette, demande-t-il. Tout va bien à l'école?

— Oui, papa. Ça va, répond Évelyne, en soufflant sur son chocolat chaud. Ce qu'il est chaud, ce chocolat!

— Serais-tu pressée, par hasard? demande son père, amusé. On dirait que tu veux avaler toute la tasse d'un seule coup!

— J'ai rendez-vous avec Mateo, explique Évelyne.

— Alors, tu te tiens bien à l'école ces jours-ci? demande son père.

— Oh! oui. Maintenant, ça va beaucoup mieux. J'ai déjà passé toute une journée sans me mettre dans le pétrin, dit Évelyne, en se levant pour déposer sa tasse dans l'évier.

— Eh bien! Continue comme ça, dit monsieur DeGrosbois, en se levant à son tour pour embrasser sa fille sur le front.

— Oui, papa chéri, c'est ce que je vais faire.

Passe une bonne journée! lance-t-elle, en se précipitant dans l'escalier pour monter s'habiller.

Une fois habillée, Évelyne remet le coffret dans son sac à dos et redescend. En traversant la cuisine, elle ouvre le réfrigérateur et attrape un goûter pour la récréation.

— Salut m'man! lance-t-elle, en sortant par la porte arrière pour enfourcher sa bicyclette.

Elle se rend au lieu de rendez-vous habituel, au bout de la rue, et attend Mateo. Au bout d'un moment, elle l'aperçoit qui arrive à toute allure.

— Zut! s'exclame-t-il, en freinant à fond dans une glissade contrôlée. Hier soir, j'ai essayé de te téléphoner...

— Je sais, répond Évelyne. Pas de téléphone, c'est une vraie torture!

— À qui le dis-tu! Moi, je ne peux NI te parler au téléphone NI regarder la télé non plus! Ce que j'ai hâte que cette semaine soit terminée!

— Et moi donc!

— Évelyne, la nuit dernière j'ai fait un rêve

bizarre... Tu me promets de ne pas rire?

— Promis, dit-elle. Alors, ce rêve?

— C'est à propos de monsieur Stanislas... Il est entré dans ma chambre et m'a dit qu'il continuerait de hanter le grenier de l'école tant que nous n'aurions pas trouvé quelque chose de spécial qui se trouve dans la boîte. Je me suis réveillé en sursaut! Qu'est-ce que j'ai eu peur!

— Il essayait de te dire quelque chose!

s'exclame Évelyne, les yeux écarquillés.

— Évelyne, c'était tellement bizarre! dit Mateo, en s'essuyant le front du revers de la main. As-tu trouvé autre chose dans la boîte?

— Rien de nouveau, dit Évelyne, en se mettant à pédaler. Par contre, j'ai découvert que monsieur Stanislas n'était pas sur le Titanic. Le naufrage a eu lieu bien avant sa disparition.

— Alors? demande Mateo, en pédalant plus vite pour ratrapper Évelyne.

— Alors, dit Évelyne, penses-tu ce que je pense?

— Cela dépend, répond Mateo. À quoi penses-tu?

— Je me disais... répond Évelyne, en accélérant, que ce matin, nous devons remonter au grenier.

— Je pense exactement la même chose! crie Mateo, en pouffant de rire. Je tiens absolument à jeter un nouveau coup d'œil dans cette malle! ajoute-t-il, et en pédalant plus vite encore pour dépasser Évelyne.

Chapitre 11

Une dernière visite au grenier

Évelyne et Mateo arrivent en trombe dans le stationnement réservé aux bicyclettes et verrouillent leurs vélos aux supports.

— Tu as toujours la clé? demande Mateo.

— Juste ici, répond Évelyne, en portant la main à la poche de sa salopette.

Mateo ouvre la grande porte et les deux compères entrent dans l'école à pas de souris. La porte se referme et claque bruyamment derrière eux.

— Je croyais que tu retenais la porte! chuchote Évelyne.

— Et moi, je croyais que c'était toi qui la retenais! réplique Mateo, en chuchotant lui aussi.

— Viens vite! dit Évelyne, en s'engageant dans l'escalier qui mène au grenier.

— Il faudra penser à remettre ça à sa place, dit Mateo, en voyant Évelyne sortir la clé de sa poche.

— Dès que nous saurons qui était dans ce grenier, nous le ferons, répond Évelyne, en faisant tourner la clé dans la serrure.

— Nous revoici! annonce Mateo, en poussant la porte vivement.

— Pourquoi le fantôme de monsieur Stanislas rôderait-il par ici? dit Évelyne, en jetant un regard circulaire dans le grenier.

— Je crois que la réponse se trouve ici, dit Mateo, en laissant tomber son sac à dos par terre avant de soulever le couvercle de la vieille malle. Hé! dit-il, en arrêtant brusquement son geste. Nous ne savons même pas s'il est mort!

— Mateo! reprend Évelyne, en le regardant d'un drôle d'air. Il est devenu directeur en 1914... S'il était toujours vivant, il aurait plus de cent ans!

— Donc, tu ne crois pas qu'il soit encore en vie? demande Mateo.

— Là-dessus, tu peux être rassuré, réplique Évelyne, sûre d'elle. Allez, je vais t'aider à inspecter ces vieux trucs.

— Voici peut-être ce qu'il cherche... annonce Mateo, en sortant le vieux cahier de notes.

— Quoi? Tu voudrais me faire croire qu'il aurait égaré son cahier de notes? demande Évelyne, sceptique.

Sans dire un mot de plus, Mateo s'assied par terre et se met à feuilleter doucement les pages.

— Ces dessins d'Iguanodons..., murmure-t-il, monsieur Stanislas s'est subitement rendu compte qu'ils étaient tous faux!

— Hum! Je commence à comprendre, réagit

Évelyne. Avant la découverte de Rock Springs, personne ne savait exactement à quoi ressemblait un dinosaure. On avait probablement quelques bouts de fossiles et des empreintes de pattes éparpillées çà et là, un peu comme un casse-tête, dit Évelyne, surexcitée, en s'arrêtant pour reprendre son souffle. Jean-Pierre Stanislas, lui, avait fait ces esquisses, en essayant d'imaginer à quoi pouvait ressembler un Iguanodon, continue Évelyne.

— Puis les ossements ont été découverts, dit Mateo, et tout le monde a pu voir à quoi ressemblait un Iguanodon.

— Alors, peut-être a-t-il voulu revenir afin de corriger son erreur, conclut Évelyne, toute fière de son raisonnement. Monsieur Stanislas! Monsieur Stanislas, êtes-vous là? demande Évelyne, en chuchotant.

— Es-tu devenue folle? lui demande Mateo.

— Chut! Tais-toi, ordonne Évelyne. Monsieur Stanislas? Si vous êtes ici, nous voulons simplement vous dire que tout va bien.

Aujourd'hui, tout le monde sait à quoi ressemble un Iguanodon, alors vous n'avez plus à vous préoccuper de vos dessins... Monsieur Stanislas? Si vous pouviez simplement nous faire un signe, question de nous dire que vous avez compris...

Évelyne et Mateo échangent un long regard inquiet, puis Évelyne hausse les épaules.

— N'importe quoi, monsieur Stanislas, reprend-elle. Un tout petit signe ou quelq...

— Hé! tonne une voix derrière eux.

Évelyne et Mateo sursautent et poussent un cri, puis se tournent tout doucement.

— Monsieur Stanislas? demande Évelyne, d'une voix faible.

— Qui? demande l'énorme silhouette qui se profile dans la porte.

— Monsieur Stanislas? Êtes-vous monsieur Stanislas? demande Évelyne, en essayant d'apercevoir quelque chose dans la pénombre.

Mateo se frotte les yeux et cligne des paupières deux ou trois fois.

— C'est marrant! Vous n'êtes même pas transparent! remarque-t-il, d'une voix étonnamment calme, tandis que la silhouette s'avance vers eux.

— Mais de quoi parlez-vous? demande la silhouette.

— Monsieur Lanteigne?!? s'exclament en chœur Évelyne et Mateo.

— Nous... Nous... Nous ne... bégaye Évelyne.

— Qu'est-ce que vous faites ici? Et comment êtes-vous entrés? C'est vous qui étiez ici hier? demande monsieur Lanteigne en s'arrêtant.

— Ce que nous faisons ici? réplique Évelyne, en se relevant et en fermant le couvercle de la malle.

— Oui, répète monsieur Lanteigne. Qu'est-ce que vous faites ici?

— Nous tentons de... Nous essayons... bégaye Évelyne.

— Nous essayons de résoudre un autre mystère, intervient Mateo.

— Un mystère? marmonne monsieur Lanteigne. Eh bien, j'ai l'impression qu'un grenier est un endroit aussi propice qu'un

autre pour y cultiver le mystère, dit-il, en continuant de froncer les sourcils. Et on peut savoir quelle sorte de mystère? continue le concierge, en prenant un ton plus doux.

En attendant la réponse à sa question, monsieur Lanteigne prend un grand cadre sur une tablette et le dépose sur le rebord de la fenêtre.

— Vous n'avez toujours pas répondu à ma question, constate monsieur Lanteigne, en prenant un deuxième cadre et en l'appuyant contre le mur. D'ailleurs, vous ne m'avez toujours pas dit comment vous étiez entrés ici. Le grenier est toujours fermé à clé.

— Le mystère de Jean-Pierre Stanislas! répond finalement Évelyne.

— Jean-Pierre Stanislas! Vous voulez parler de ce type? demande monsieur Lanteigne, en leur montrant un troisième cadre qu'il vient de prendre sur une tablette. Ce type dans la photo?

— C'est lui! s'exclame Évelyne, en faisant un petit pas en arrière.

— Nous avons trouvé pleins d'indices intéressants là-dedans, dit Mateo, en ouvrant la vieille malle datant de 1937.

— Toutes ces boîtes sont pleines de trucs intéressants, dit monsieur Lanteigne. Maintenant, si vous me disiez comment vous avez réussi à entrer dans ce grenier tous les deux...

— Évelyne, regarde! s'exclame Mateo, en retournant le cahier de notes. Il y a quelque chose collé à la couverture! constate-t-il, en décollant délicatement une vieille coupure de presse. Oh! ça alors!

— Quoi? demande Évelyne. Qu'est-ce que tu as trouvé?

— Regarde cette photo! dit Mateo, en lui montrant l'article. Tu sais qui c'est?

Évelyne rajuste ses lunettes et s'étire pour regarder le bout de papier.

— On dirait...

— C'est Jean-Pierre Stanislas! l'interrompt Mateo. Et c'est daté du mois de septembre 1937! continue-t-il, en lisant rapidement l'article en diagonale. On dit qu'il s'est rendu à Rock Springs pour rendre visite à son fils...

— Et alors? demande Évelyne. Qu'est-ce que ça dit d'autre?

— Qu'on lui a offert un travail dans une école là-bas... Et qu'il ne reviendra plus à l'école Stanislas.

— Oh! s'exclame Évelyne, en soupirant. Et nous qui croyions que sa disparition avait quelque chose à voir avec les dinosaures.

— Eh bien! vous n'aviez pas complètement tort, reprend monsieur Lanteigne. Son fils était paléontologiste, et il travaillait à une importante découverte dans ce coin des États-Unis.

— C'est donc pour ça que monsieur Stanislas était un maniaque des dinosaures! dit Mateo. Son fils était un coureur de dinosaures!

— Mais ça n'explique toujours pas le visage à la fenêtre, remarque Évelyne, en refermant le couvercle de la vieille malle.

— Hé! dit Mateo. Pourquoi toutes ces

photos sont-elles ici?

— À chaque année, c'était la coutume de prendre une photo du directeur, répond monsieur Lanteigne, en appuyant son cadre contre le mur. Et on peut dire qu'il y en a un fameux paquet de ce monsieur Stanislas! Monsieur Godbout veut que j'installe de nouvelles planchettes. Alors, je dois descendre toutes ces photos à la cave.

Mateo jette un coup d'œil à Évelyne et se met à pointer en direction du cadre appuyé sur le rebord de la fenêtre.

— Étiez-vous ici lundi matin? demande Mateo.

— Lundi? Ouais... À chaque fois que j'ai une chance, je monte. Si je veux arriver à déménager tous ces vieux trucs...

— Et est-ce que vous appuyez toujours une photo sur le rebord de la fenêtre? demande Mateo. Avec l'image en direction de l'extérieur?

— Je n'en sais rien, répond monsieur Lanteigne, en haussant les épaules. C'est possible pourquoi?

Mateo jette un nouveau coup d'œil du côté d'Évelyne qui hausse les épaules, l'air penaud.

— En général, je descends une première série de cadres, continue le concierge, puis je remonte en chercher une deuxième série.

— Alors, il est très possible que, lundi dernier, vous ayez appuyé une photo contre la fenêtre, exactement comme aujourd'hui? demande Mateo.

— C'est bien possible, répond monsieur Lanteigne. Et je peux savoir à quoi ça rime, tout ça?

— Dans ce cas, vous auriez descendu cette photo d'abord, puis vous seriez remonté une quinzaine de minutes plus tard, et vous auriez appuyé une autre photo exactement au même endroit? continue Mateo, en pointant vers le rebord de la fenêtre.

— Oui, je crois que c'est ça, répond le concierge, en retirant sa casquette pour se gratter le dessus de la tête. Hé, garçon, on peut dire que tu poses des questions bizarres, toi!

— Maintenant, je crois que tout est clair ! Monsieur Lanteigne, merci beaucoup pour votre aide, conclut Mateo, en même temps que la cloche se fait entendre. Évelyne, viens vite!

— Un instant, vous deux! intervient le concierge, en leur barrant la sortie. Vous ne m'avez toujours pas dit comment vous étiez entrés ici, dit-il, en ouvrant sa grosse main devant leurs visages.

— Disons que nous l'avions empruntée, dit Évelyne, en remettant la clé dans la main du concierge. Un emprunt à court terme!

— Oh, vous deux! Quand allez-vous apprendre à vous tenir tranquilles! marmonne monsieur Lanteigne, en hochant la tête. Vous avez eu de la chance que personne n'ait rien remarqué!

— Oui, je sais, répond Évelyne.

— Allez! Disparaissez avant d'être en retard, ordonne monsieur Lanteigne. Oh, les enfants! grogne-t-il, dans sa barbe.

— Évelyne, dit Mateo, en descendant l'escalier. Je ne sais vraiment pas comment j'ai pu me laisser entraîner dans une histoire aussi...

— Je sais, je sais, Mateo. Mais ne te fâche pas, rappelle-toi. Toi aussi tu croyais qu'il y avait un fantôme là-haut, non?

— Je suis le fantôme de Jean-Pierre Stanislas... dit Mateo, en levant les bras en l'air. Et je hante le grenier pour trouver mon carnet de notes!

— Non! corrige Évelyne, en levant les bras en l'air à son tour. Je hante le grenier parce que j'ai perdu une chaussure et que je crois l'avoir laissée dans une de ces vieilles malles!

— Où est mon trésor? demande une petite voix.

— Salut, Mariçoise! dit Évelyne, en baissant les yeux. Il n'y avait pas de trésor. Simplement un paquet de vieux articles de journaux.

— Vraiment? demande Mariçoise.

— Honnêtement, réplique Évelyne. Il n'y a pas de trésor.

— D'accord, sourit Mariçoise. N'oubliez pas, vous m'avez promis de jouer avec moi aujourd'hui.

— Oh, oui, c'est vrai! dit Mateo. Alors, à plus tard, dans la cour, d'accord Mariçoise?

— D'accord! répond la petite, en se dirigeant vers sa classe de maternelle.

Évelyne et Mateo s'assoient sur la dernière marche de l'escalier.

— Nous sommes forcés de jouer avec elle, dit Mateo. Nous lui avons fait une promesse.

— Je sais, dit Évelyne. Nous avons même juré sur la tête de nos mères.

— De toute manière, à quoi les petits jouent-ils? demande Mateo.

— Je n'en sais rien, répond Évelyne. J'ai une cousine qui est encore toute petite. Elle a vraiment beaucoup d'imagination. Elle adore se faire croire toutes sortes de choses.

— Oh oui? réagit Mateo. Et comme quoi?

— Excusez-moi... dit monsieur Lanteigne, en descendant l'escalier, les bras chargés de cadres.

Évelyne et Mateo dégagent le centre de l'escalier pour le laisser passer.

— Est-ce que par hasard, reprend Mateo, avec un coup de coude complice, est-ce que par hasard, elle n'aimerait pas se faire croire qu'il y a des extraterrestres au sous-sol ou encore des fantômes au grenier de son école?

— Ce n'est pas pareil, réplique Évelyne, en levant les yeux vers Mateo.

— Je vois, dit Mateo. Alors, si tu le dis... Hé! réagit-il, en se relevant brusquement. Nous ferions bien d'aller en classe avant...

— Évelyne DeGrosbois et Mateo Dias... l'interrompt le haut-parleur. Veuillez, s'il vous plaît, vous présenter au bureau du directeur.

— Oh, non! Pas encore en retard! se lamente Évelyne.

— Cette fois, nous sommes cuits! gémit Mateo. Nous présenter directement au bureau du directeur? Cette fois-ci, nous sommes vraiment dans le pétrin.

— Les vacances de Pâques arrivent, raisonne Évelyne, en se relevant. On ne peut pas nous faire grand chose, non? Que veux-tu qu'il nous arrive?

— Je n'en sais rien dit Mateo, mais je te connais. . .

Suzan Reid a toujours adoré l'écriture. Petite, afin que son père se sente moins seul au travail (il était concierge), elle avait pris l'habitude de lui écrire des histoires qu'elle glissait en catimini dans sa boîte à lunch. Depuis cette époque, elle a écrit d'autres albums parmi lesquels : *Toute une glissade! Les carnivores arrivent!* et un roman *Des extraterrestres dans l'école!* dans la collection Étoile filante.

Enseignante à temps plein, Suzan aime la musique et les sports et adore nager dans sa piscine. Elle vit à Westbank, en Colombie-Britannique, en compagnie de son époux, de ses deux filles, d'une tortue et d'un très gros chien.